人生に疲れた最強魔術師は諦めて眠ることにした 2

白崎まこと

B's-LOG BUNKO
ビーズログ文庫

Contents

人生に疲れた最強魔術師は諦めて眠ることにした
2
マティアス
神器・蒼い剣を持つ
エルシダ王国最強の騎士。
フィオナを溺愛しすぎている。
フィオナ
神器・金の腕輪を持つ最強魔術師。
ガルジュード帝国の呪印から解放され
エルシダ王国の魔術師となることに。

Character Introduction

登場人物紹介

アンネリーゼ

リヴィアルド王国の王女。
マティアスを慕っている。

ルーク

エルシダ王国の呪印士。
マティアスにこき使われている。

レイラ

エルシダ王国の
第一魔術師団の団長。
みんなのお姉さん的存在。

アニエス

エルシダ王国の新人治癒士。
落ち込みやすい性格。

オリアーヌ

エルシダ王国の王女。
明るく親しみやすい。

イラスト／くにみつ

プロローグ

フィオナがマティアスとルークによって、帝国《ていこく》から無事救い出されて三日経《た》った。

何事もなかったかのようにいつもの日常に戻《もど》ったが、彼女の中でマティアスの存在は大きくなる一方だ。ふとした瞬間《しゅんかん》に大きな優《やさ》しい手に撫《な》でられると、安心感よりもいろんな感情が渦巻《うずま》いてしまう。

嬉《うれ》しい、もっと触《ふ》れてほしい、子《こ》ども扱《あつか》いしないで。

複雑に気持ちが絡《から》み合《あ》い、胸が締《し》めつけられて苦しくなる。

フィオナは、マティアスに『娘《むすめ》』だと言われたことを気にしている。

冗談《じょうだん》めかした言葉だったが、確かに自分は娘のようだと思ってしまった。

彼から向けられる優しさや気遣《きづか》いは、幼い子どもに向けるようなものに思えてしまう。

彼をお母さんみたいと言ってしまったのは自分なのだが、今はもうそうでない。

どうやったら異性として見てもらい、好きになってもらえるのだろう。

初めて抱《いだ》く恋心《こいごころ》に、フィオナは悩《なや》んでいた。マティアスに直接好みの女性のタイプを聞く勇気はなく、自室の窓から外を眺《なが》めながらぼんやりと考える。

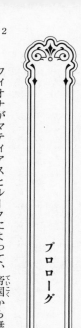

彼は自分より五つ年上の二十三歳だ。まだ二十歳《はたち》にも満たない自分など子ども扱いされても仕方なく、好み以前の問題かもしれない。

人から容姿を褒《ほ》められたことはあるが、自分は女性的な魅力《みりょく》には欠けている気がする。ここで働く魔術師《まじゅつし》は二十歳以上の人が多く、落ち着きがあって色っぽい魅力的な女性ばかり。中庭のベンチに座って休憩《きゅうけい》中の女性たちを見ながらしみじみと思う。

年齢《ねんれい》の差はどうしようもないが、せめて見た目だけでもマティアス好みに近づきたい。

（あの人たちみたいに、もっと色気があったら意識してもらえるかな……）

何だかんだと考えて、マティアスは大人で色っぽい女性が好みなのだろうという結論に至った。勝手に自己完結してしまうのはフィオナの悪い癖《くせ》だ。

帝国では両親に心配をかけまいと、ほんの少しの弱音でさえも胸《むね》の奥に隠《かく》していた。悩みを打ち明けられる存在がいなかったことが影響《えいきょう》している。

「……よしっ！」

はっきりとした目標ができ、気合を込《こ》めて胸の前で拳《こぶし》を握《にぎ》りしめる。

本当は、フィオナがここに来る前からマティアスは彼女を愛《いと》しく思っていて、日々加速していく溺愛《できあい》ぶりに周りの人間が引くほどなのだが、本人はそんなことは露《つゆ》ほども気付いていない。意識してもらえるように頑張《がんば》る必要など微塵《みじん》もないとは知らず、無駄《むだ》な努力を始めることにした。

翌日の朝。フィオナは洗面室の鏡の前で自分の姿をじぃっと見つめていた。

空色の長い髪《かみ》は、今日はポニーテールだ。ミュリエルに『どうしたら色っぽくなれるかな』と尋《たず》ねたところ、『さりげなく露出《ろしゅつ》を増やしたらいいんじゃない？　胸元《むなもと》とか足とか。あとは……うなじとか？』とアドバイスをもらったけれど。

「これ色っぽいのかな？」

横を向いて自身のうなじを見ても、自分ではよく分からない。色っぽいというより、元気な感じがする。だけど実践《じっせん》あるのみなので、今日はこれでいこうと意気込んだ。

次に自身の胸元をじいっと見た。そして両手でむにむにとしてみる。

レイラよりは小さいけれど、ニナよりは大きい。ミュリエルとは同じくらい。

一般《いっぱん》的な大きさだと自分では思っているが、どうだろう。

「大きい方が好きかなぁ……」

もしそうだったら、どうしよう。どうにかなるのだろうか。

後でレイラに聞いてみることにした。

露出を増やすのはちょっと恥《は》ずかしいなと悩むが、今日は任務があるため、いつも通り白いシャツに黒いズボンなので、また今度試《ため》すことにする。

朝から何だかんだと悩んでみたけれど、結局いつもとあまり変わらない。

(ポニーテールなんて時々している髪型《かみがた》だし、今更《いまさら》何とも思ってくれないよね……)

朝の準備を終えて食堂へ向かうと、入口でマティアスが待っていた。

朝一番に大好きな人に会えて、自然と顔が綻《ほころ》ぶ。

「おはようマティアス」

「おはよう。今日は朝から任務があるのに髪型が違《ちが》うんだな」

何と、さっそく髪型について聞かれてしまった。

確かにいつも任務がある日は後ろで緩《ゆる》く編み込んでいる。特に意味はなく、何となくそうしていたのだが、マティアスは気付いていたようだ。

嬉しいような恥ずかしいようなで、胸の奥がこそばゆい。理由なんて言えるはずがなく、フィオナはもじもじとしながら目を逸《そ》らした。その頰《ほお》はほんのり赤く染まっていく。

「えっとね……何となくだよ。意味はないの」

「そうか」

マティアスはそれ以上は何も聞かなかったので、フィオナはホッとした。

食堂に入って注文カウンターに向かうと、彼女は今日も甘々《あまあま》な朝食を注文する。

「ほらフィーちゃん、今日もたっぷり入れておいたよ」

「ありがとうおばちゃん」

食事を受け取って席につくと、マティアスは彼女の隣《となり》に座った。

彼は対面に座ることが多いが、たまに隣に座る。

隣だと距離《きょり》が近いので嬉しい。フィオナは朝からご機嫌《きげん》で朝食をとり始めた。

フレンチトーストをナイフで小さく切り分けて、シロップがたっぷり入った器《うつわ》の中で泳がせてから口に運ぶ。かけるよりもくぐらせる方が効率がいいと気付いたのだ。

これ以上ないというほどの甘さに顔がとろける。

「うわぁ」

「うげ……」

背後から声がするので振《ふ》り向《む》くと、ミュリエルとグレアムが食事を載《の》せたトレーを持ちながら顔を歪《ゆが》めていた。

「おはよう」

「おはよ。ねぇ、シロップの量増えてない？」

「はよ。さすがにやりすぎじゃねぇか？」

「魔力《まりょく》をいっぱい使うようになったから、甘いのいっぱい欲しくなっちゃうの」

そう説明すると、二人は渋々納得《しぶしぶなっとく》したようで、そのまま前の席に並んで座り、何やらコソコソと話をしながら食事を始めた。フィオナは、仲がいいなぁなんてぼんやりと思いながら、フルーツをシロップの中で泳がせてから口に運んだ。

そうやって黙々《もくもく》と食べ進めていたが、段々と内心穏《おだ》やかでなくなってきた。

目で見て確認《かくにん》したわけではないが、明らかに隣から視線を感じるのはなぜだろう。

（どこかおかしなところがあるのかな……）

気になって食事に集中できない。段々とフィオナの頬と耳は赤くなってくる。

もちろんマティアスに見られることは嫌《いや》ではない。だけど気になって仕方がない。

「……ねぇ、マティアス。恥ずかしいからあまり見ないでほしいの」

「ぐっ……」

堪《こら》えきれず、俯《うつむ》きぎみにマティアスの顔を見る。か細い声で訴《うった》えかけると、彼は小さく唸《うな》った。そしてコホンと咳払《せきばら》いを一つする。

「あぁ、すまない」

そう言って彼はすぐに視線を食事に戻したので、フィオナはようやく緊張《きんちょう》から解き放たれた。再びフレンチトーストを小さく切り分け、シロップの中でゆらゆら。

滴《したた》り落《お》ちるシロップを器で受けながら口に放り込んでは、とろける表情を浮《う》かべた。

朝食を終えると、フィオナは部屋に戻ってクローゼットから深緑色のローブを取り出して羽織った。

金の腕輪《うでわ》は装着しない。フィオナが帝国の皇子に連れ去られ、マティアスとルークに助け出された後、再びルークに託《たく》した腕輪は王城の宝物庫に封印《ふういん》された。

そのまま常時使用したいかと国王に尋ねられたが、フィオナは『仲間たちとはできるだけ対等な立場でいたいですし、腕輪の力には頼《たよ》りたくありません』と答えた。

第一章　努力と空回り

「フィオナ、リタ、一体も逃《のが》さないように包囲しろ」

「了解《りょうかい》」

「うん、分かった」

黒々とした針葉樹が生《お》い茂《しげ》る深い森の中。

今回の討伐《とうばつ》メンバーのリーダーであるグレアムの指示により、フィオナとリタは、見上げる高さの土の壁《かべ》をいくつも出現させ、魔物《まもの》の群れを閉じ込めた。

リタは二十代後半の魔術師《まじゅつし》。焦《こ》げ茶《ちゃ》色の長い髪《かみ》を後ろで結《ゆ》わえたクールビューティーな女性である。フィオナと違《ちが》い、見た目通り中身もクールなので、フィオナは格好いいお姉さん的存在として慕《した》っている。

二人が出現させた壁の間隔《かんかく》はそれぞれ四十センチほど空いているが、討伐対象は体長三メートル超《ご》えの四足歩行の大型の魔物なので問題ない。即死《そくし》レベルの突進《とっしん》をまともにくらうわけにはいかないので、壁の外側から攻撃《こうげき》し、仕留める算段だ。

「アラン！　よろしく」

「はいよー！」

先制攻撃を担《にな》っているアランは元気よく返事する。

彼はいつも明るくムードメーカーな二十歳《はたち》の男性魔術師だ。少し長めの赤茶色の髪を揺《ゆ》らしながら前に出て、魔物の頭上から雷撃《らいげき》を浴びせ、動きを鈍《にぶ》らせた。

「ミュリエル、そっちはオマエの担当な」

「任せて」

グレアムに従い、ミュリエルは魔物数体を取り囲むように炎《ほのお》の渦《うず》を放つ。

森を焼いてしまわないように調整しながら、風で煽《あお》って炎をどんどん大きくさせていく。

彼女は第一魔術師団に入ってまだ一年半、団では最年少だ。

だけど火、風、水、土の四属性の魔術を扱《あつか》える、極《きわ》めて希少な存在である。

昔から天才少女と言われおだてられながら育ったため、少し勝ち気で怒《おこ》りっぽい性格になってしまったが、きちんと指示に従い、冷静に対処すれば頼《たの》もしい戦力になる。

グレアムは反対側へ回り、魔物の群れに氷の矢を降らせ、動きを鈍らせる。一体ずつ水の玉を口内に放り込み、中に入ると同時に凍《こお》らせて窒息《ちっそく》させていった。

彼はガサツな性格とは対照的な、繊細《せんさい》な魔術操作を得意とする。

フィオナは巨体《きょたい》が壁に突進する度《たび》に、突破《とっぱ》されないよう補強を重ねた。

「くっ……」

同じく壁を維持《いじ》しているリタが少し苦しげなので、フィオナはそちらにも魔力《まりょく》を送る。

その他全員のサポートも同時に行ったため、全ての魔物を仕留め終えた時にはフィオナの魔力はほぼ空になっていた。

「オマエな……サポートはマジ助かるけど、程々《ほどほど》にしとけよ。皆《みんな》まだ余裕《よゆう》あるんだから」

グレアムは眉《まゆ》をひそめて呆《あき》れながらも、フィオナの頭をポンと優《やさ》しく叩《たた》いた。

「うん、分かってたんだけど……つい発動させちゃった……」

「今までみたいに使い放題じゃねぇんだから気をつけろよな、ったく」

「ばかフィオナ！　帰り道に魔物と遭遇《そうぐう》することだってあるんだからね！」

ミュリエルはツンツンしながらも、『その時はしょうがないから守ってあげるわよ！』と頼もしく告げた。


魔物討伐の任務を終えた帰り道。前日に降った雨で道がぬかるむ中、フィオナは隣《となり》を歩いていたグレアムに唐突《とうとつ》に質問をする。

「ねえ、グレアムはどんな仕草に色気を感じる？」

「あ？」

グレアムは面倒《めんどう》くさそうに目を細め低い声を漏《も》らしたが、すぐに彼女の心の内を察した。

「あー……あの鬼畜野郎《きちくやろう》に意識してもらいたいとか、そんなことか」

ずばり言い当てられてしまった。フィオナはキョトンとし、恥《は》ずかしくなって俯《うつむ》いた。

『鬼畜野郎《きちくやろう》』というところには特につっこまない。自分には優しいマティアスが、グレアムからそう呼ばれても仕方ないようなことをしていると知っている。

それはさておき、自分の考えがバレバレなのは恥ずかしい。

「えっと……マティアスには内緒《ないしょ》にしててもらえるかな」

「内緒もなにも、オマエらとっくに両想《りょうおも》いだろうが。誰《だれ》が見たってそうなんだよ」

グレアムがストレートに言い切るが、フィオナは浮《う》かない顔をしている。

「それはマティアスがいつも私のことを気にかけてくれてるから、そう見えるだけだよ。私に同情して優しくしてくれるから……」

同情の他に、ほんの少し好意を持ってくれていると思えるが、まだまだ全然だ。

だからしっかり好きになってもらえるようになりたいと思っている。

「は？」

グレアムは、コイツ何言ってんの？　という信じられない気持ちだ。

(同情なわけねぇだろ……ってかコイツ、今まで全く気付いてなかったのか？　マジで？　鈍いにもほどがあんだろ……)

ぼんやりしていることの多いフィオナは、いつも平然とした顔でマティアスと接していて、つい最近まで彼のことを『お母さんみたい』と言っていたという。

グレアムから見ても、マティアスはムカつくほどにモテる男という認識《にんしき》。あれだけの男に全力で尽《つ》くされているのに、フィオナにとっては『お母さん』だったのだ。

そんな様子から、彼女は恋愛《れんあい》ごとに疎《うと》いと思っていたが、まさかマティアスの気持ちにすら気付いていなかったなんて……。

驚《おどろ》きを通《とお》り越《こ》して呆れ果《は》てたグレアムは、確実で手っ取り早い方法を教えることにした。

「色気だとか何とかそんなまどろっこしいこと考えてないで、脱《ぬ》ぎながら迫《せま》って既成《きせい》事実作っちまえ。面倒くせぇんだよオマエら」

「……そういうことは、きちんとお付き合いしてからすることだよね。ダメだよ」

グレアムの下品な提案に、フィオナは淡々《たんたん》と答えた。帝国《ていこく》でうんざりするほど情事を目《もく》撃《げき》してきた彼女は、今更《いまさら》そんな話題で動揺《どうよう》することはない。

「あ？　別に付き合ってなくても性欲があればすんじゃねぇの、普通《ふつう》」

「え……普通？　普通……なの？」

「普通だろ。今どきそんな形にこだわらなくてもいいと思うぞ」

まさかの普通発言に、フィオナは驚いて目を丸くさせた。

（普通？　それじゃ、あれも普通だったってこと……？）

帝国の皇子が誰彼かまわずに部屋に連れ込んで情事に勤《いそ》しんでいたのは、彼がおかしいからではなかったのか。

あれが普通だった？　ごく一般的《いっぱんてき》な行いだったというのか。まさかの事実に驚愕《きょうがく》する。

フィオナが今まで持っていた常識が覆《くつがえ》されてしまった。

世間知らずだと自覚はしていたが、最低限の一般常識はあると思っていたのに。

新たな知識を得たところで、先ほどのグレアムの下品な提案をしっかりと考えてみる。

マティアスに迫ってみて、受け入れてもらえたら。そんなのもちろん嬉《うれ》しいに決まっている。お好きにどうぞと全て差し出す勢いだ。

だけどそこに気持ちが伴《ともな》っていなければ、後には虚《むな》しさしか残らない。

（そんなの嫌《いや》だな……）

やはりまずは、きちんと好きになってもらいたい。どうぞと差し出すのはそれからだ。

そのためにどうしたらいいのだろうと考えながら、ぬかるんだ道を歩く。

「っおい、フィオナ！」

「え？」

離《はな》れたところからグレアムの慌《あわ》てたような声が聞こえて振《ふ》り返《かえ》る。いつの間にか距離《きょり》ができていて、『あっ』と思った時には、すでに足を滑《すべ》らせていた。

さすがのフィオナも血の気が引いていく。

歩いていた森のけもの道は、すぐ脇《わき》が崖《がけ》になっていた。フィオナは十数メートルある高さから下へ落ちていった。今日は魔力を使いすぎた。体を浮かせるほどの魔力は残っておらず、頭を手で覆《おお》って守る以外はなんの手立てもない。

もうすぐ訪《おとず》れるであろう衝撃《しょうげき》と痛みに備えてぎゅっと目を閉じると、すぐに急斜面《きゅうしゃめん》から土の壁が出現した。体を受け止めるように大きな水の玉も現れ、土の壁と体の間でボヨンとクッションになった。

落下が止まると風が体を包み込む。フィオナはふわりと持ち上げられ、仲間の下まで運ばれた。無事地面に足を着けると、脱力《だつりょく》してその場にぺたんと座り込んだ。

「あっ、危ないじゃないのっ！　ちゃんと前見て歩きなさいよ！」

風の魔術でフィオナを運んだのはミュリエルだ。心臓をバクバクさせながらフィオナの無事を確認《かくにん》すると、眉を吊《つ》り上《あ》げてわめいた。

「本当、お願いだからもっと気をつけて」

土の壁を作り出して、フィオナの落下を止めたリタは声を震《ふる》わせる。

「皆ありがとう。迷惑《めいわく》かけてごめんね。考えごとしてたら落ちちゃった……」

眉尻《まゆじり》を下げて力なく謝罪すると、四人からは溜《た》め息《いき》と苦笑いで返された。

申し訳なさすぎてじわりと涙《なみだ》が滲《にじ》んでくる。その姿にミュリエルは慌てて声をかけた。

「泣くんじゃないわよ！　守ってあげるって言ったでしょうが。アンタのおかげでまだまだ魔力は余ってるんだからねっ！」

「うん……ありがとう。ミュリエルは優しいね」

「っっ……！」

フィオナに涙目《なみだめ》でへにゃりと笑いかけられたミュリエルは、真っ赤になって顔をふいっと横に逸《そ》らした。

その後は、フィオナは前後左右を四人の仲間に囲まれながら帰ることとなった。

「ねえ、何考えてたら崖から落ちるわけ？」

左隣《ひだりどなり》のミュリエルから尋《たず》ねられ、フィオナは『えっとね……』と、落ちる前にグレアムから聞いた、男女のあれこれにまつわる驚愕の事実を伝えた。

「「はぁぁ？」」

ミュリエルとリタの声が重なり、二人とも不快そうに顔を歪《ゆが》める。

「いや、それは本当に人それぞれだと思うわよ。グレアムの話は鵜呑《うの》みにしない方がいいわ。あの子はどうしようもない類の男だから」

「そうよ。あんなヤツの言うことなんて聞いちゃダメだって！　ていうかアイツに相談することが間違《まちが》ってるよ！」

「そっか……それならいいんだけど……」

両隣からグレアムの行いの悪さを延々と聞かされることになり、フィオナは真剣《しんけん》に耳を傾けた。前方からは時たま『オマエらうるせぇんだよ』という文句が飛んでくる。

フィオナは聞いた相手が悪かったのかと納得《なっとく》し、今後グレアムには相談ごとを持ちかけないようにしようと決めた。


「フィオナ、今いい？」

任務後、ホームに戻《もど》って自室で着《き》替《が》えを済ませ、ソファーに座って一休みしていると、ミュリエルが訪ねてきた。部屋の中に招き入れて、テーブルを挟《はさ》んで対面に座る。

「あのさ、色気とか考えなくても、マティ兄はフィオナのことすっごく好きだと思うよ」

なんと、ミュリエルにまで自分の気持ちがバレていて、グレアムと同じようなことを言われてしまった。

「……マティアスは私に同情して世話を焼いてくれていたから、そう見えただけだよ」

「は？　同情って何？　そんなわけないって。どう見たって両想いだってば」

「違うよ。だって好きになってもらえる理由なんてないし」

自分はかつては敵国の人間だった。この国の魔術師となった今でも、嫌《きら》われていないことが奇跡《きせき》なくらい迷惑ばかりかけていて、好かれることをした覚えが一つもない。

美女だったら恋愛対象として見てもらえるかもしれないが、自分は特別美しいわけではない。容姿に恵《めぐ》まれている方だと思っているが、ごく一般的だろう。

美女というのは、皇子が侍《はべ》らせていた女性たちのことを言うのだと知っている。彫《ほ》りの深い顔立ちに長い睫毛《まつげ》、ぷるんとした唇《くちびる》に、出るところがこれでもかと出ているメリハリのある体。彼女たちと比べれば、自分はなんて色気がないのだろうと思い知らされる。

「いや、アンタ美人だしスタイルもいいでしょ。一目惚《ひとめぼ》れされてもおかしくない見た目だから。自信持ちなって」

「ありがとう。ミュリエルはすっごく可愛《かわい》いよね。そのうちレイラさんみたいに色っぽくなるのかな……色気と可愛さを併《あわ》せ持《も》ったら最強だね。いいなぁ……アランとも最近すっごく仲良しだよね。二人はもう恋人《こいびと》同士なの？」

「んなっ、何でそこでアランが出てくるのよ？」

なぜか急に自分の話になってしまい、ミュリエルは恥ずかしくて顔を赤くしながら声を荒《あら》らげた。フィオナはキョトンとしながら淡々と答える。

「何でって……『ミュリエルはアランのことが好きなんだよ』ってニナが言ってたんだけど、違った？」

「違っ……わない、けどっ……！　もう、ニナったら……！」

ミュリエルは湯気が出そうなほど真っ赤になった。だけど自分の気持ちに嘘《うそ》はつきたくないので、否定はしない。フィオナとマティアスに苛立《いらだ》つことをやめてからというもの、いつの間にかアランが気になって仕方がないのは事実だから。

第一魔術師団の中でムードメーカー的な存在であるアランは、ミュリエルが入団した時に最初に仲良くなった人物だ。

最年少である自分を特別気にかけてくれて、人との距離の縮め方が下手な自分が他の団員と早く打ち解けられるようにと気を遣《つか》ってくれた。最近になってようやくその優しさに気付き、彼を好きな気持ちが日に日に大きくなっている。

ミュリエルはそんな気持ちをフィオナに漏らしてみた。

恋《こい》する気持ちを誰かに話すのは初めてだ。何とも言えないこそばゆい感覚だが、一度話し始めると胸の内をさらけ出したくなって、しばらく二人で恋の話に花を咲《さ》かせた。

話の流れで、どうやったら色気を出せるのか分からないと相談したフィオナは、ミュリエルに手を引かれて彼女の部屋にやってきた。

ミュリエルはチェストから服を何着か取り出すと、そのうちの一着をフィオナにずいっと差し出した。

「それじゃ、まずコレ着てみよっか」

胸元《むなもと》にぐいぐい押し付けられて受け取らざるを得ない。

言われるがまま黒い長袖《ながそで》ワンピースに着替《きが》えたが、膝《ひざ》がスースーする。ミュリエルが着ると膝上十センチほどの丈《たけ》だが、フィオナが着るともっと短くなってしまった。

「それ似合ってるよ。他の服試《ため》さなくても、もうそれでいいんじゃない」

「……これ短すぎるよ」

普段《ふだん》膝より短いスカートをはかないフィオナは、膝が出ているだけで少し恥ずかしい。

それなのに膝どころか太ももまで出ているなんて完全に許容範囲《はんい》を超えている。

フィオナは呪印《じゅいん》を確認するためにマティアスの目の前で腹部を露《あらわ》にしたことがある。

あの時は、呪印による痛みが襲《おそ》ってこないのはなぜだろうという疑問でいっぱいだった。

そもそも彼のことを意識していなかったし、どうせ処刑《しょけい》されると達観していた。

だけど今は違う。意識しまくりである。こんなに太ももを見せるなんて恥ずかしい。

「これくらいなら短いうちに入らないって。何ならもっと出す？」

ミュリエルはそう言ってニヤリと笑いながら、胸元が大きく開いたシャツと更《さら》に短いスカートを手に持って見せてくる。

とんでもないものを着せられそうなので、フィオナは慌てて阻止《そし》する。

「だっ、出さない。これでいいよ」

「あ、いいって言った！　それじゃ今日はずっとその服で過ごすこと。約束だからね！」

「うぅ……分かった」

なぜか約束することになってしまった。気が乗らないが、ミュリエルの圧に負けてしまい了承《りょうしょう》した。

フィオナは最初に着ていた自分の服を抱《かか》えながら、とぼとぼと自室に戻った。

膝がスースーして何だか落ち着かないので、気を紛《まぎ》らわせようと、夕食の時間まで本を読むことにする。本棚《ほんだな》から一冊選び、取り出したところで部屋にノックの音が響《ひび》いた。

「フィオナ、いるか？」

「っっ」

心を落ち着けようとしていた矢先にマティアスが来てしまうなんて。狼狽《うろた》えたフィオナは、手に持っていた分厚い本を落とした。

「〜っっ‼」

本の角が右足の甲《こう》を直撃《ちょくげき》した。室内用スリッパを履《は》いているがとてつもなく痛い。

痛すぎて涙目になり、両手で足《あし》の甲を押さえながら床《ゆか》の上をのたうち回る。

ガンッと膝を椅子《いす》にぶつけ、椅子はガタガタッと大きな音を立てて倒《たお》れた。

室内から聞こえてくるけたたましい物音に、何事かとマティアスは勢いよく扉《とびら》を開けた。

「フィオナ！　どうした？」

マティアスは床に転がるフィオナに慌てて駆《か》け寄《よ》った。

肩《かた》と後頭部に手を添《そ》えて上半身を起こし、心配そうに顔を覗《のぞ》き込む。

「大丈夫《だいじょうぶ》か？　何があった？」

「うぅ……大丈夫……足の上に本を落としただけなの」

「足か。靴下《くつした》脱がすぞ」

スリッパはのたうち回っているうちに脱げたようで、床に散らばっている。

マティアスは右手でフィオナの頭を支えたまま、左手で彼女の右足の靴下を脱がした。

足を下からそっと持ち上げて、怪我《けが》の具合をしっかり確認する。

「血は出ていないようだな。見たところ治癒《ちゆ》が必要ではなさそうだが……痛いか？」

「ううん。もう痛みは引いてきたから大丈夫だよ」

「そうか。それならよかった」

先ほどまで苦痛に歪んでいた顔は、汗《あせ》をにじませながらも軽く微笑《ほほえ》んでいる。

大事でないようでよかった。マティアスはホッとし、そしてはたと気付く。

目の前にあるそれは見るからにすべすべで柔《やわ》らかそうで、思わず手を出しそうになる。

いやいやダメだと理性が働き、少し危なかったがギリギリセーフだった。

太ももどころか足の付け根まで見えてしまいそうなほど、際《きわ》どいところまで露《あらわ》になっているのはフィオナの足だ。

「あ」

本人もそれに気付き、慌てて乱れていたスカートを直し、ぐいぐいとめいっぱい伸《の》ばす。

だけど元々長さが足りていないので、どう頑張《がんば》っても膝上数センチは隠《かく》れない。

「……立てるか？」

マティアスはつい今しがたのことには一切《いっさい》触《ふ》れず、先に立ち上がって手を差し出した。

フィオナは恥ずかしすぎて、下を向いたまま差し出された手を取る。

マティアスの顔を見ることができない。だけど膝あたりにひしひしと視線を感じる。

自分が普段着ている服と違うから、気になるのだろうか。

居《い》た堪《たま》れなくなり、何も聞かれていないのに説明することにした。

「あのね、これはミュリエルに借りた服なの。だからいつもより短いんだよ」

「そうか。何でまたそんなことをしているんだ?」

「ミュリエルはおしゃれだから、いろいろ話を聞いてたら話の流れで借りることになっちゃって……」

「なるほど?」

マティアスはよく分かっていないが、詳《くわ》しく聞いたところで女子たちの行動原理は理解できないので、それ以上は追及しない。

それはさておき、さすがにフィオナが今着ているスカートは足が出すぎではなかろうか。

他の女性ならどれだけ露出《ろしゅつ》していようとも少しも気にならないが、フィオナが肌《はだ》を出すことは気になって仕方がない。

そして本人はあまり乗り気ではなさそうだと、浮かない表情から容易に窺《うかが》える。

「君はそういう服も似合うが、いつもと違いすぎて恥ずかしいのではないか? すごく似合っているが無理はしなくていいと思うぞ。本当によく似合っているがな」

似合うというのは大事なことなので、三回言っておいた。

きちんと伝わったようで、フィオナはほんのりと頬《ほお》を染めて口元を緩《ゆる》ませた。

「似合う？　そっか、似合うんだ……えへへ、ありがとう。えっとね、今日はこの服で過ごすってミュリエルと約束しちゃったの。だから恥ずかしいけど着替えないでおくよ」

フィオナは仲間を裏切るようなことはしたくない。どんなにくだらないことだろうと、ささやかなことだろうと、約束事はきちんと守りたいのだ。

「何だその約束は……よく分からんが、その服をきちんと着ていればそれでいいんだな」

「え？　うん、そうだよ」

それなら話は簡単だと、マティアスはフィオナにスパッツをはかせ、ワンピースの上から膝より丈の長いカーディガンを羽織らせることにした。

そう、脱げないのなら着ればいいだけ。

「ありがとうマティアス。これなら恥ずかしくないよ。何で気付かなかったんだろ」

恥ずかしかった気持ちが落ち着いて、フィオナの表情は穏《おだ》やかになった。

お礼を言われたが、マティアスはほぼ自分のために助言したに過ぎない。

（他の男どもに生足を拝ませてたまるか）

そう、生足はもちろんのこと、たとえスパッツだろうとぴっちりと太もものラインが分かるものを見せてなるものか。そんな独占欲《どくせんよく》丸出しの気持ちはもちろん隠す。

「どういたしまして。お役に立てたようで何よりだ。……ああそうだ、クッキーを持ってきているのだった。食べるか？」

マティアスは部屋の外に放置したままのワゴンの存在を思い出した。

「うん、食べたい。いつもありがとう。マティアスからは色々と貰《もら》ってばっかりだね。何かお返しがしたいんだけど……」

「俺が勝手にしていることだから気にする必要はない。感謝の言葉だけで十分だ」

「そっか。本当にいつもありがとう。クッキーはもちろん嬉しいし、大好きなマティアスとこうやって一緒《いっしょ》に過ごせることが嬉しいの」

「……そうか」

あらためて感謝の気持ちを伝えられただけでなく、さらっと大好きと言われた。

マティアスはひっそりと喜びを噛《か》みしめながら、ワゴンを押してテーブル横につけた。

「わぁ……可愛い」

フィオナは瞳《ひとみ》を輝《かがや》かせる。籠《かご》には猫《ねこ》の絵柄《えがら》のクッキーがいくつも入っていた。

彼は甘いものを好まないが、焼き菓子《がし》は多少食べられる。

紅茶を二人分淹《い》れて、籠はテーブルの真ん中に置いて、取り皿を二つ並べた。

「いただきます」

フィオナはクッキーを一枚取って取り皿に置き、紅茶を一口飲んで皿の上をじっと見つめ、また紅茶を一口飲んだ。ひたすら皿の上を見つめ続けている。

マティアスはその様子を眺《なが》めながらクッキーを一枚食べ、二枚食べ、三枚目を手に取ろうとしたところで堪《こら》えきれなくなり体を震わせた。

「くっ、くくく……食べられないのなら、下の方に絵柄のないものが入っているぞ」

「え、そうなんだ……そっか……えっと、これ食べてもらってもいいかな？」

フィオナは皿に載《の》せた猫の絵柄入りのクッキーを申し訳なさそうに差し出した。そう、可愛すぎて食べられないのだ。

マティアスは笑いながら手に取り、一旦《いったん》自分の皿に置いた。

フィオナは籠の下の方から取り出したクッキーをようやく食べ始める。

「おいしい……」

やっと口にすることができ、しみじみと呟《つぶや》いた。

バターの風味とサクサクとした食感を堪能《たんのう》する。

「ほら、付いてるぞ」

マティアスは、フィオナの口の端《はし》に付いたクッキーの粉をハンカチで拭《ぬぐ》う。

「ん、ありが……」

お礼を言いかけてハッとなる。これではいけない。

フィオナは右手でハンカチをぐいっと押しのけて、左手で口を隠した。

「ダメ。マティアスはもうこういうことしちゃダメなの」

「こういうこと？　こういうこととは何だ？」

「えっとね、こうやって小さい子の世話を焼くようなことだよ。これからはきちんと自分でするから、手を出さないでほしいの」

今のままではいつまで経《た》っても娘《むすめ》のようにしか思ってもらえない。脱《だつ》、世話の焼ける娘。それが大人の女性として意識してもらうための大切な一歩だ。両手を強く握《にぎ》りしめて意気込み、決意のこもった瞳をマティアスに向けると、彼はなぜか呆然《ぼうぜん》としていた。

「世話を……焼いてはいけない……だと？」

マティアスは虚空《こくう》を見つめる。フィオナの世話を焼くこと、それは即《すなわ》ち日々の楽しみで、生きがいとも言える。それを拒絶《きょぜつ》されてしまうなんてあんまりだ。

「フィオナ、それは却下《きゃっか》だ。断固として拒否《きょひ》する」

「え……」

なぜだ。なぜ却下されてしまったのだろう。フィオナはしばし考えた。

（……そっか。マティアスは責任感が強いから、途中《とちゅう》で急にやめるのは嫌なのかな）

王国に連れてきた張本人として、責任を持って世話を焼いてくれていたのかもしれない。それをいきなりやめるだなんて彼の沽券《こけん》に関わることなのだろう。

そうとは知らず失礼なことを言ってしまった。

「ごめんね。私の世話を焼くことがそんなに重要なことだと思っていなかったよ。やっぱりまだしばらくお願いしてもいいかな？」

先ほど押しのけてしまったことを謝罪する気持ちを込《こ》めて、マティアスの手をぎゅっと握りしめる。上目遣いでじっと見つめられ、マティアスは『ぐっ……』と唸《うな》った。

「……分かってくれたのならそれでいい」

「よかった。これからもよろしくね」

「もちろんだ」

気持ちが通じ合ったようでズレていることにマティアスはもちろん気付いているが、フィオナは納得したようなので余計なことは言わないでおく。

自立しようと努力する気持ちはしっかり受け取って、だけどまだしばらくは世話を焼いていたい。後ろめたく思いながら、再びクッキーを食べ始めたフィオナを見つめていた。

二人でのんびりお茶の時間を楽しんだ後、夕食の時間になったので食堂へ向かった。

「あーっ！　それズルイっ！」

フィオナは食堂の入口で早速《さっそく》ミュリエルに捕《つか》まってしまった。

「ずるくないもん。ちゃんと着てるから約束は守ってるもん」

「そうだけど違くない？　意味ないじゃん」

確かに意味は全くない。だけど恥ずかしかったのだから仕方ない。

フィオナは反論できず、マティアスの袖《そで》を摑《つか》みながら、すすすと後ろに隠れた。

「許してやれ。恥ずかしかったようだから、俺が着るように言ったんだ」

見かねたマティアスは、ミュリエルの耳元でこそっと告げる。

（あれ？　マティ兄は見たんだ。そっか……）

それならいい。ミュリエルは吊り上げていた眉を下げた。

マティアスに意識してもらいたいというフィオナの目標は端《はな》から達成できているから、努力する意味はこれっぽっちもない。

だからとりあえず彼が喜びそうだと思って着せたものだった。

それにしても、この二人はなぜまだ付き合っていないのか。数ヶ月前からすでに恋人同士にしか見えないのに、まだお互《たが》いの気持ちすら伝えていない関係だなんて、じれったいにもほどがある。

アンタたち両想いなんだよと言いたくて仕方ないが、内緒にしてほしいとフィオナから言われているので、黙《だま》って見守る他ない。

ミュリエルは、マティアスにぴったりとくっついているフィオナを見ながら、何だかなぁと溜め息を吐《つ》いた。

団長室に赴《おもむ》き、数回目の給与《きゅうよ》を受け取ったフィオナは、自室に戻ってソファーに座りながら考え込んでいた。

この給与を使ってマティアスにお礼をしたところで、日頃《ひごろ》、自分が彼から与《あた》えられているものの方が多いため、あまり意味がないということに気付いてしまったのだ。

そう、自分より遥《はる》かにお金を持っている人間に物をプレゼントしたり、食事をご馳走《ちそう》したりしたところで、大したお礼にはならない。

かといって何もしないのは嫌だ。物と言葉以外の何かでお礼がしたいが、どうすれば喜んでもらえるのだろうか。

「何かないかな……」

しばらく考えてみたけれど、少しもいい考えは浮かんでこない。埒《らち》が明かないので、幼い頃《ころ》からマティアスのことを知っているミュリエルに聞いてみることにした。

「――――でね、何をしたら喜んでもらえるか悩《なや》んでるんだけど、何かないかな？」

昼食時、フィオナは隣で食事をしているミュリエルに事情を説明し、助言を求めた。

「……」

サラダを咀嚼《そしゃく》しながら聞いていたミュリエルは、ごくんと飲み込むと無言でまた一口サラダを口に放り込む。ひたすらモシャモシャと咀嚼しながらじとっとフィオナを見た。

（そんなの悩む必要ないんだけど……）

アンタが『いつもありがとう』と言って抱《だ》きつくだけで十分なんだよ。などと言ったところで、そんなわけないよと言って済まされるか、真面目に考えてと言われてしまうだけなので、ミュリエルは口には出さなかった。

この鈍い子が納得し、且《か》つマティアスが喜ぶことは何かないだろうか。

ひたすらサラダを口に運びながらモシャモシャする。

「そんなの簡単っすよ。『ありがとう』って言いながら抱きついたらいいんすよ」

前の席で話を聞いていたルークが人差し指をピンと立てて陽気に提案する。彼もミュリエルと全く同じことを思ったようだ。

「あのねルーク、私は真剣に相談しているから真面目に考えてほしいの」

「いやいや、かなり真面目に提案してるっすから。喜ぶこと間違いなしっすよ」

「気を遣ってくれるのは嬉しいけど、そういうのはもういいよ」

「何でそうなるんすか～」

フィオナはルークがどれだけ根気強く説明しても、全く信じようとしない。

（いつもぼんやりしているくせに、何でそういうところは頑《かたく》ななんだろ……）

考えに考えたミュリエルは閃《ひらめ》いた。

「それじゃさ、マティ兄が喜ぶとっておきの場所を教えてあげる。そこはね――」

とある提案をし、場所の説明をすると、フィオナは訝《いぶか》しげに首を傾《かし》げた。

「そんなところに連れていって、マティアスは本当に喜ぶの？」

「もちろん。絶対に喜ぶから！　絶対の絶対っ！」

「そっか……ミュリエルがそう言うなら間違いないんだね。そっか……」

フィオナの表情は暗い。気が進まないけれど、マティアスに喜んでもらいたい。

苦手な気持ちを押し込んで、頑張る決心をした。

二日後、夕食を終えたフィオナとマティアスは、乗合馬車で町の郊外《こうがい》までやってきた。

馬車を降りると、手に持ったランタンに火を灯《とも》し、暗い森の方へと歩き進めていく。

二人以外に人影《ひとかげ》はない。この先に存在するのは森の手前にひっそりと佇《たたず》む洋館のみ。

数十年前から廃墟《はいきょ》となっていたそこは、一年前にとある起業家が買い取った。

現在は恐怖《きょうふ》体験ができるデートスポットとして人気の施設《しせつ》になっている。

「もうすぐ着くはずなんだけど……」

フィオナは町のチケット売り場で事前に予約を取っているが、実際に足を運ぶのは今が初めてだ。本当にこの先に目的地があるのかと不安になってきた。

「結局どこに行くんだ？」

「それは着いてからのお楽しみだよ。マティアスが絶対に楽しめる場所なの」

「なるほど？」

これは所謂《いわゆる》サプライズというものだろうか。フィオナから自分を驚かせようという意気込みを感じたマティアスは、それ以上は追及しないことにした。

「飴《あめ》食べるか？」

彼はお出かけのお供にと持ってきていた飴をポケットから取り出す。その他にもいろいろなお菓子を持っているが、もちろんそれらは全て自分用ではなくフィオナ用だ。

「わぁ、ありがとう」

差し出されたフィオナは微笑みながら受け取って、すぐに口に放り込んだ。

数分歩き辿《たど》り着《つ》いた建物を前に、フィオナは息を呑《の》む。

ひび割れた窓硝子《まどガラス》に蔦《つた》の絡《から》んだ外壁《がいへき》。月明かりの中ひっそりと佇む洋館の周りには墓が立ち並ぶ。錆《さ》びた金属に縁取《ふちど》られた玄関扉《げんかんとびら》の横には、黒い帽子《ぼうし》を目深《まぶか》に被《かぶ》った黒いスーツの細身の男性が立っていた。

「あの……これを……」

フィオナは小刻みに震えながら男性に予約券を手渡《てわた》す。せっかくだからと奮発して貸し切りにしたが、すでに後悔《こうかい》し始めている。

手に持ったランタンも預かると言われ男性に手渡すと、ギイィと音を立てて扉がゆっくりとひとりでに開いた。男性に促《うなが》されて二人が中に入ると、すぐに扉はバタンと閉まり、それだけでフィオナはビクッと肩を跳《は》ね上げた。

壁に設置された蝋燭《ろうそく》の灯《ひ》だけを頼《たよ》りに薄暗《うすぐら》い廊下《ろうか》を行く。しんとした空間に隙間風《すきまかぜ》の音が不気味で、フィオナはマティアスの袖を右手で掴みながら歩いた。

恐怖心ですでにいっぱいいっぱいだ。フィオナは中に入ってからずっと無言のままなので、マティアスは未《いま》だにこの状態の意味が分からないでいた。

「フィオナ、一体ここに何しに来たんだ？　君はこういったところは苦手なように見えるのだが」

「えっとね、マティアスはここに来たがってたって、ミュリエルから聞いたから……」

「？」

よく分からない返答にマティアスは首を傾げる。彼はここに来たいなどと、言ったことも思ったことも一度もない。疑問に思ったが、日頃のお礼だと言って連れ出されたため、フィオナの気持ちを無下にしないよう話を合わせることにした。

「そうだな。感謝する。しかし無理しなくていいんだぞ。もう引き返そう」

「だっ、大丈夫だよ。マティアスと一緒だから全然怖《こわ》くな——っひゃあ」

気丈《きじょう》に振る舞《ま》おうとしたが、前方にゆらりと薄白《うすじろ》い影《かげ》が見えてしまい、掴んでいたマティアスの腕《うで》に強く抱きついた。そのまましばらく震えながら気持ちを整える。

「うう……あのね、本当はちょっと怖いけど、せっかく来たから引き返したくないの。マティアスにいっぱい楽しんでほしいから」

今にも泣きそうなのに、自分のために頑張ろうとしている。マティアスはフィオナの健《けな》気《げ》さにキュンとなる。腕に当たるのは柔らかな温《ぬく》もり。

顔を青くして震えている姿を可哀想《かわいそう》に思いながらも、彼女がずっと腕にしがみついているこの状態はこの上ない幸せだ。不気味な薄暗い廊下に舞う埃《ほこり》さえ輝いて見えた。

「ひうっ」

どこかの部屋から大きな物音が響いた。フィオナはマティアスにしがみつく力をいっそう強めた。

頭上から首に落ちてきた水滴《すいてき》に体はぞわりと粟立《あわだ》ち、背後から微《かす》かに聞こえてくるのは女性の笑い声。

「はわわわわ……」

入館者を怖がらせる数々の現象は、もちろん人為的《じんいてき》な仕掛《しか》けだが、フィオナはそんなことに気付く余裕はない。全てに心から恐怖する。

階段を上り、二階を歩き進めてすぐのところで、恐怖心の限界を迎《むか》えてしまった。

両耳を塞《ふさ》ぎながら廊下に座り込み、涙目で縮こまる様子に、さすがに可哀想すぎて楽しめなくなってきた。マティアスは、もうここから出ることに決め、フィオナを抱き抱えてすぐ横の窓から飛び降りることを思い立つ。

「俺はもう十分満足した。だからここから出よう。無理をさせてすまなかった」

フィオナの左隣にそっとしゃがみこんで、声をかけた次の瞬間《しゅんかん》、一階でも聞こえていた不気味な笑い声が彼女の右方向から聞こえてきた。

「ひゃあぁぁ追いかけてきたぁぁ」

「むぐっ」

パニックに陥《おちい》ったフィオナは、とっさに勢いよくマティアスに抱きついた。

彼は倒れそうになったが、片手を後ろにつき、倒れるギリギリの姿勢を保った。

「きっ、来たっ、来たぁ……何かがズルズル這《は》ってくる……」

フィオナは消え入りそうな声で訴《うった》えかける。

――大丈夫だ。あれは音だけだから実際には何も来ないぞ。

そう言って安心させてあげたいが、マティアスには言うことができない。

なぜなら顔に押し付けられている柔らかな膨《ふく》らみのせいで、口が塞がっていて話せないから。鼻でかろうじて呼吸できているが理性が飛ぶ寸前だ。彼は必死に耐《た》えた。

翌日の朝、フィオナは食堂に向かう途中の階段で、ルークにばったり出会った。

「はよっす。昨日の夜はどうだったっすか?」

「おはよう。あのね、楽しんでもらいたかったのに、怖すぎていっぱい迷惑をかけちゃったんだ」

フィオナは浮かない顔で答えた。帰り道で『楽しかった』とお礼を言ってもらえたけれど、自分がずっと邪魔《じゃま》をしていたので、楽しんでもらえていない気がする。

落ち込むフィオナの話を聞いていたルークは、朗《ほが》らかに笑った。

「いやいや、確実に楽しんでもらえてるっすよ、それ」

「そうだったらいいけど……ありがとうルーク」

フィオナは彼の言葉を、いつものように気を遣って慰《なぐさ》めてくれているのだと受け取った。

食堂の入口では、フィオナを待っているマティアスとミュリエルが立ち話をしていた。

「昨日はどうだった? 私の予想通りになってたならいいんだけど」

「あぁ……やはりそういう目論《もくろ》みだったか。概《おおむ》ね君が予想していた通りだと思うが、フィオナが怖がるようなことは今後一切やめてあげてくれないか」

呆れたようにそう言われ、ミュリエルは眉尻を下げて項垂《うなだ》れた。

「……そうだね。ごめんなさい」

二人の仲が進展するよう、よかれと思ってしたことだが、フィオナがあぁいった場所を苦手としていると気付きながら提案したのは悪かったなと反省する。

（だけどなぁ……いい加減くっついたらいいと思うんだけど……）

一階まで下りてきて、恥ずかしそうに頬を染めてマティアスの下に駆け寄ってくるフィオナの姿を見つめながら、ミュリエルは日課になりつつある溜め息を吐いた。


王国の西部に位置する小さな村で、魔物による作物の被害《ひがい》が相次いでいるという。

討伐依頼《いらい》を受けた第一魔術師団からは、フィオナとニナが行くことになった。

朝食を終えたフィオナは部屋に戻って窓の外を眺めていた。

寒空の下でも優雅《ゆうが》に歩く猫をぼんやり見ていると出発時間が近づいていたので、ローブを羽織り、手袋《てぶくろ》をポケットに入れて部屋を出た。

「あ」

外に出てすぐに前方にニナの姿を見つけた。駆け寄ろうとしたけれど、ニナは誰かに呼ばれたようで右に曲がり備品倉庫の裏へと歩き進めていった。

何かあったのだろうか、手伝えることはあるだろうかと、フィオナもそちらへ向かった。

備品倉庫の角を曲がった時に見えたニナの背中に声をかけようとしたところで、両手でハッと口を押さえた。

ニナのすぐ前方にはヨナスの姿があり、二人は濃密《のうみつ》な触れ合いの真っ最中だったから。

見られていることに気付いたヨナスは、ちらりとフィオナに目を向けたけれど、すぐにまた視線をニナに戻した。少しも焦《あせ》ることなく触れ合いを続ける。

こういったことを目撃し慣れているフィオナも特に動じない。

だけど恋人たちの触れ合いを目にするのは初めてのこと。すごく気になるので、立ち去ることなく興味深くじーっと見ていた。

ヨナスは満足したところでニナから離れ、何ごともなかったかのようにフィオナににっこりと笑いかける。どこまでも爽《さわ》やかだ。

「やぁ、おはよう。今日はニナのことよろしく頼むよ」

「あ、はい。分かりました。えっと……邪魔しちゃってごめんなさい？」

「ははは。大丈夫だよ」

爽やかに笑うヨナスに、そうだよね、特に邪魔はしていないよねと納得し、ペコリと頭を下げた。プルプル震えているニナの背中を見て、彼女には声をかけない方がいいかなと思い、くるりと踵《きびす》を返した。

厩舎《きゅうしゃ》に到着《とうちゃく》して少し待った頃、顔を真っ赤にしたニナが早足でやってきた。

「フィッ、フィオナさん……さっきは、その……」

「見ちゃってごめんね。ニナが備品倉庫の裏に歩いていくのが見えたから、何か手伝えることがあるかなと思って跡《あと》をつけちゃったの」

「そう……」

いつも通り淡々としているフィオナに、ニナはもう何も言わなかった。


すぐに出発し、馬に乗って四十分ほどかけて、討伐依頼を受けている村に到着した。

村の入口に馬を繋《つな》いで、一番近くの家を訪れる。家主に頼んで村長宅に案内してもらい、そこで被害状況《じょうきょう》を詳しく聞く。

楕円形《だえんけい》のテーブルを囲んで座っていると、村長とよく似た柔らかな雰囲気《ふんいき》を纏《まと》った、ふくよかな女性がトレーを運んでやってきた。

村長の妻であるこの女性は、お茶を淹れてフィオナたちの前に置いた。

「宮廷《きゅうてい》魔術師様のお口に合うか分かりませんが、こちらもよろしかったらどうぞ」

そう言って、テーブルの真ん中に籠《かご》を置いた。

「ありがとうございます」

「わぁ、美味《お い》しそう……いただきます」

フィオナは顔を綻《ほころ》ばせ、すぐに籠からクッキーを一枚取って食べ始める。

しっとりした食感と卵の風味、真ん中に挟まれたベリージャムが甘酸《あまず》っぱい。懐《なつ》かしさを感じて、ふんわりと幸せそうに微笑んだ。昔、母がよく作ってくれていた記憶《きおく》が蘇《よみがえ》る。

その様子に、村長の妻は満足そうに目尻《めじり》を下げた。

フィオナは全く遠慮《えんりょ》することなく、クッキーをいくつも頬張《ほおば》りながら村長の話に耳を傾《かたむ》けていた。しかし、聞いている途中で人々の騒ぐ声が聞こえてきたことにより、ニナと二人で急いで外に飛び出した。

畑の真ん中には体長一メートルほどの魔物が一体転がり、鎌《かま》が首に刺《さ》さったまま緑色の血を流して息絶えていた。

襲ってきた魔物の急所を、村人が振り下ろした鎌が直撃したのだと窺える。村人はすぐに家の中に避難《ひなん》したようで、さっと見渡《みわた》した限りでは人的被害はなさそうだ。

上空を旋回《せんかい》するいくつもの黒い影が、耳をつんざくような甲高《かんだか》い鳴き声をあげて威嚇《いかく》している。仲間がやられたことにより一旦空に逃《に》げ、地上の様子を窺っているようだ。

長く鋭《するど》いくちばしを持つ十数体の魔物の群れは、フィオナとニナに狙《ねら》いを定めて急降下してきた。

すぐさまフィオナが小型魔法陣《まほうじん》をいくつも描《えが》き、全ての魔物を雷撃で痺《しび》れさせた。

ニナは中型の魔法陣を描いて発動させ、魔物の群れに竜巻《たつまき》を放つ。

天高く打ち上げられた魔物は、体の痺れでまともに飛ぶことができず、螺旋《らせん》を描きながら落ち、地面に体を強く打ち付けた。衝撃であちこちに血が飛び散る。

ニナは息絶えた魔物を一体残らず全て風で持ち上げ、一箇所《かしょ》に積み上げた。それをフィオナが炎の渦で包み込む。

魔物はパチパチと音を立てながら勢いよく燃えていき、討伐はものの数分で完了《かんりょう》した。

あとは地面に残る血を片付けないといけない。この魔物の血には毒素が含《ふく》まれているため、この血が染《し》み込んだ土壌《どじょう》は穢《けが》れ、作物がまともに育たなくなってしまう。

フィオナは畑の真ん中でしゃがみ、地面に両手を付けた。

目を閉じて集中しながら、地中に魔力を流していく。こうすることで、魔物の血がどこに存在するのかが手に取るように分かるようになる。

感知した血は一滴《てき》残らず炎で焼《や》き尽くした。

「……ふぅ」

務めを果たしたフィオナは立ち上がる。これで全ての任務が完了だ。

二人は村長宅に戻り、報告を済ませた。

「ありがとうございました。こんなに早く討伐していただけるとは、さすが宮廷魔術師様。見事なお手並みでした」

「これ以上作物に被害が及《およ》ぶ前に対処していただけて、本当に感謝しております」

村長夫妻はよく似た柔らかい空気を纏い、何度も感謝の言葉を伝えてきた。

ニナが懐《ふところ》から取り出した討伐依頼書に村長のサインをもらっている傍《かたわ》らで、フィオナは村長の妻と話をしていた。

「このクッキーがお気に召《め》されたようですが、よろしかったらお持ち帰りになりますか？　まだまだ沢山《たくさん》あるんですよ」

「わぁ、ありがとうございます」

籠を手に持ち微笑む村長の妻に、フィオナは少しも悩むことなく満面の笑《え》みでお礼を言った。

「では、私たちはこれで失礼します」

「失礼します」

任務を終えた二人は帰ることにする。到着してすぐに魔物が襲来《しゅうらい》したため、滞在《たいざい》時間は一時間にも満たなかった。

村長宅を出ると、それを見計らったようにわあっと七人の子どもが駆け寄ってきて、二人は周りをぐるりと囲まれた。

「ねぇお姉ちゃんたち、すごい魔術師なんでしょ？」

「さっき土の上でいろんなところがボウッて燃えてたの！」

「ちっちゃな魔法陣がいっぱい浮いてたのー。もっとおっきなのある？　見たい！」

二人の姿を家の中から見ていた子どもたちは、瞳をキラキラと輝かせ、期待に満ちた弾《はず》む声で次々に話しかけてくる。王国に来るまで幼い子に慕われた経験がなかったフィオナは、嬉しくてたまらない。

「えっとね、大きな魔法陣ってこんなのだよ」

そう言って、自らの斜《なな》め上に中型の魔法陣を描いて右手で指差した。

「わぁぁ！」

「すごいすごーい。どうやって出したの？」

「魔術出してー！　バリバリバリーッて雷《かみなり》の格好いいやつ！」

「えー？　雷は怖いからやだよ。お水がいい」

「何でもいいからすごいの見せて」

よりいっそう瞳を輝かせて興奮する子どもたちに、フィオナの胸はきゅんとなる。

（格好よくて怖くなくてすごいの……）

ここにいる全員に喜んでもらえそうなもの……少しだけ考えて、すぐに魔術式の構築を始めた。頭上に中型魔法陣を出し、紋様《もんよう》を幾重《いくえ》にも描いていく。

フィオナにしか読み取れないほど複雑に描き連ねて発動させた。

そこから飛び出したのはいくつもの小さな水の玉だ。光を閉じ込めたそれらは虹色《にじいろ》に煌《きら》めき、子どもたちの周りでくるくると踊《おど》りゆらめく。

（もうちょっとかな……）

これでは格好よさが足りない気がして、追加で炎を交ぜてみる。怖くないように少しだけ。水の玉の周りで小さな竜《りゅう》を象《かたど》ったものを数個泳がせて反応を窺う。

「わぁぁぁ！」

「きれいー」

「すっげ！　かっけぇ！」

子どもたちは歓声《かんせい》をあげながら興奮する。満足してもらえたと安心し、嬉しくなったフィオナは、更に複雑に魔術式を組み込んでいく。

光を閉じ込めていた水の玉を蝶《ちょう》の形に変える。虹色の蝶がひらひらと舞い、虹色の鱗粉《りんぷん》を振りまくように軌跡《きせき》をキラキラと輝かせる。

「ほわぁ……」

「すっげぇ……」

子どもたちは感動しすぎて言葉を失う。口をポカンと開けたまま見入っていた。

フィオナの隣では、ニナも子どもたちと同じような顔をしていた。

魔力残量が三分の一になったところで、フィオナは魔術の発動をやめた。ちゃんと魔力を残しておかないといけない。子どもたちが満足したであろうことは、顔を見れば一目《いちもく》瞭然《りょうぜん》だ。フィオナはふわりと微笑んだ。

そろそろ帰ろうとニナに声をかけようとした矢先、また新たに子どもたちが駆け寄ってきた。大人もぞろぞろとやってきて、二人の周りに二重三重と輪ができる。

「あれ？　もう終わってしまったのか。もっと早く来ればよかったなぁ」

「えー！　ボクも近くで見たかったのに！」

「もっかい！　もっかいやってぇお姉ちゃん！」

大人たちは残念そうな顔の中に期待をちらつかせ、子どもたちはあからさまに不満を露にし、もう一度と懇願《こんがん》してくる。

(どうしよう……)

すごく嬉しいけれど困ってしまった。ちらりと隣のニナの顔を窺えば、子どもたちと同じような期待に満ちた顔をしていた。

彼女が止めないのならいいのかな。それならあと少しだけと、フィオナは先ほどと同じように虹色に輝く蝶を、炎の竜を、先ほどより広範囲《こうはんい》にいくつも舞わせた。

あちこちから歓声が沸《わ》き、もっと見たいと懇願され、新たに村人が一人、また一人とやってくる。

自分の魔術をこんなにも多くの人に楽しんでもらえている。誰一人としてがっかりさせたくなくて、フィオナは途切《とぎ》れることなく魔力を注いでいった。

ニナは一切止めることなく、よりいっそう瞳を輝かせる。

そうしてフィオナの魔力が底をついたのは言うまでもない。

「フィオナさぁぁん……！　ごめんねぇぇ……ううっ……つい一緒になって見入っちゃって……綺麗《きれい》すぎてつい……ごめんねぇぇ……！　ううぅ……」

今度こそ村の人たちに別れを告げて、馬を繋いである場所まで二人で歩いて向かいながら、ニナは涙で頬を濡《ぬ》らして謝罪を繰《く》り返す。

「謝らないで。調子に乗りすぎちゃった自分のせいだから」

「うう……もし帰り道で何かが襲ってきても、私が全部やっつけるからねぇぇ！」

ニナはまだ十分に魔力が残っている。余程《よほど》のことがない限り一人で対処できるからと意気込んだ。

「うん。その時はよろしくね。ヨナスに『ニナのことよろしく』って頼まれたのに、結局私の方がよろしくしてもらわないとダメになっちゃってごめんね」

申し訳なさそうに言われ、ニナは朝のヨナスとのやり取りをフィオナに見られたことを思い出してしまった。顔がみるみるうちに赤く染まっていく。

両手で頬を隠しながら俯く様子に、フィオナは羨《うらや》ましくなる。村長宅での仲睦《なかむつ》まじい夫《ふ》婦《う》の姿も思い出し、自分もそんな風になれたらなという願望がどんどん膨らんだ。

「ねえ、ニナはどうやってヨナスに好きになってもらえたの？」

「ひょえっ？」

唐突に質問されたニナは奇声《きせい》を発した。顔は更に赤くなり、歩き方がぎこちなくなる。

「わっ、私は特に何もしてないよ……あの人あんなだから、毎日のように人前で平然と可愛いとか、すっ、好きとか言ってきてたから、その……」

ヨナスは常識ある温和で落ち着いた大人の男性だが、羞恥心《しゅうちしん》を持ち合わせていない。

約一年前から、時と場所を選ばない堂々としたアピールをされるようになり、仲間から茶化される日々が始まった。そしていつの間にか自分も彼のことが好きになっていた。

ニナは挙動不審《ふしん》すぎる動きで声を裏返らせながらも、質問にしっかりと答えた。

フィオナは真剣に聞いた後、顎《あご》に手を当てて今後の参考にしようと考え込んだ。

「そっか……好きってアピールし続けたら意識してもらえるようになるんだ」

「そうだね。でも元々少なからず好意を抱いていた相手だから、素直《すなお》に嬉しかったんだよ。苦手な相手だったら更に苦手になるだけだし怖いよね」

「確かに……」

フィオナの脳裏《のうり》には、いやらしい笑みの赤い瞳の男が浮かぶ。帝国の皇子から向けられた好意には、嫌悪感《けんおかん》しか抱かなかった。

「フィオナさんとマティアスさんはもう両想いだし、アピールなんて必要ないよね」

ニナの言葉にフィオナは苦笑いし、淡々と間違いを正す。

「違うよ。好きになってもらおうと頑張ってる途中なんだ。私もニナたちみたいになりたいけど、まだまだなの」

「いや、もうすでに両想いだよね……どこからどう見てもそうだよ」

「マティアスは優しいからそう見えるだけだよ。私がこの国に馴染《なじ》めるように世話を焼いてくれているだけなの」

「え、いやいや……どう見たってマティアスさんはフィオナさんのこと大好きだって」

ニナから必死に訴えられ、フィオナは困ってしまった。

王国の人たちは皆優《みなやさ》しくて温かくて、気持ちは嬉しいけれどいつも申し訳なく思う。

「そっか、ありがとう」

これ以上気を遣わせるのも悪いので、お礼を言ってこの話題は終わらせた。

ニナはまだ何か言いたげだったが、馬を繋いでいた場所に到着したため、帰路につくことにした。二人はローブのフードを目深に被り、手袋をはめる。

フィオナは道を覚えていないため、帰り道もニナが先導して馬を走らせる。

ひんやりとした空気の中、息を白く曇《くも》らせながら枯《か》れ草《くさ》色の野原を風を切って走り、すっかり落葉した木々の森を駆《か》け抜《ぬ》ける。

ホームが近づいてくると、フィオナは自然とマティアスの顔を思い浮かべた。

(好きとか格好いいとかいっぱい伝えたら、意識してもらえるのかな……)

ニナの話が頭をよぎる。マティアスにとって自分は『元々少なからず好意を抱いていた相手』という前提は満たしているはず。いくら王国に自分を連れてきた張本人という責任感があっても、嫌いな人間の世話を焼くことはしないと思うから。

だから彼の中にあるはずの少しの好意を、自分と同じくらい大きくさせたい。

頑張ろうと意気込んでみたが、今まで異性に好意を抱き、それを伝えた経験なんてないため、すぐに恥ずかしくなってきた。そこではたと気付く。

（……あれ？　好きとか格好いいとか、すでに言っているような……？）

声が格好いい。男前でたくましい。一番好き。大好き。そんなことを彼に言った記憶がある。日常のほんのささやかな瞬間に、幾度《いくど》となく言っている気がする。

（あれれ？）

頑張るも何も、すでに何度も伝えていたという事実に衝撃が走る。

何てことだ。自分はすでにマティアスに好意を伝えていた。好きだと日常的にアピールしていたなんて。

胸《むね》の奥がもぞもぞして、肌《はだ》を刺《さ》す風に冷え切っていた体が熱を帯びていく。

これからどんな顔をして会えばいいのだろう。恥ずかしい。そのことで頭がいっぱいになり、この先の道を通る際に気をつけるべきことが頭から抜け落ちていた。

団長を始めとする仲間から何度も注意を促されていたことだ。

青い桟橋《さんばし》を越え、目の前にホームの屋根が見えてきた。段差を越えるために馬は力強く地面を蹴《け》り上げて高く軽《かろ》やかに跳躍《ちょうやく》した。

フィオナの手は手綱《たづな》から離れ、ぐらりと体が傾く。

まずい。そう思った時にはすでに体が地面に叩《たた》きつけられていた。

頭と背中に強い衝撃を受けて意識が遠のく中、泣きながら駆け寄ってくるニナの姿がぼんやりと見える。

（ああ……また迷惑かけちゃった……ごめんなさい）

情けなくて涙が一筋流れる。声に出して伝えることはできなくて、心の中で謝りながら意識が途絶《とだ》えた。


次に目が覚めた場所は自室のベッドだった。見慣れた天井《てんじょう》をぼーっと見ていたら、人の気配を感じた。横を向くと、さらりと落ちる金色の髪が視界に入った。

疲労感《ひろうかん》が漂《ただよ》う目元は赤くなっていて、藍色《あいいろ》の瞳は今にも泣きそうに揺れている。

どうしたのだろうと伸ばしたフィオナの右手は大きな手に搦《から》め取られて、もう片方の温かな手でそっと頬を覆われた。

「………よかった」

マティアスは目を閉じ、体の奥底から絞《しぼ》り出《だ》したような低く重い声を漏らした。

彼は何のことを言っているのだろう。フィオナは少し考え、そして思い出した。

自分は落馬したのだと。

「ごめ……んなさい……迷惑、かけて……ごめん……なさい」

声がかすれて思うように出ない。

マティアスはフィオナからゆっくり両手を離し、テーブルに置いてある水差しからコップに水を注《つ》いだ。フィオナは手渡された水を一口ごくりと飲み、ふうと息を吐いてから残りをゆっくり飲み干した。

そして涙がポロポロと零《こぼ》れる。

「ごめっ、ごめんなさい……私、皆に迷惑ばかりかけてて……もっと役に立ちたいのに上手《うま》くできなくて……ごめんなさい。ごめんなさい」

魔術さえ使えるようになったら、もう誰の手も煩《わずら》わせずに済むと思っていたのに、そんなことはなく、空回りしていつも誰かに迷惑をかけている。

自己嫌悪に陥っているフィオナを、マティアスはふんわりと抱きしめて頭を撫《な》でた。

「そんなことはない。君はいつも皆の役に立っている。頑張りすぎて限界を見誤ってしまうだけで、それさえ気をつければいいだけだ」

「……うん。分かってる……分かってるのについ調子に乗っちゃう。皆に喜んでもらいたくて、頼りになると思ってもらいたくて欲張っちゃう……私、傲慢《ごうまん》でダメな人間なんだ」

王国に来てからというもの、丁重《ていちょう》すぎる扱いに戸惑《とまど》いながらも両親以外の優しさに触れて。その度《たび》に大好きな人が増えていく。その人たちに自分のことを好きになってもらいたい、嫌われたくないという思いが強くなる。

自分は魔術師としてなら立派に活躍《かつやく》できると思っていたのに、神器がないとそれすら満足にできない。不甲斐《ふがい》なくてもどかしくて、そんな自分が嫌になる。

フィオナはマティアスに抱きしめられたまま静かに泣いていた。

背中を優しくトントンとして、頭を撫でてくれる。彼の腕の中はどこまでも安心できる。

今はドキドキする気持ちよりも安心感に満たされていき、先ほど目を覚ましたばかりだというのに、瞼《まぶた》が重くなっていった。

寝息《ねいき》が聞こえてきたところで、険しかったマティアスの表情は少しだけ和《やわ》らいだが、思い詰《つ》めたように小さく零した。

「やはり腕輪《うでわ》は必要だな……」

緊急時《きんきゅうじ》以外は着けたくないという、本人の意志をできるだけ尊重したかったが、これ以上の様子見はできそうにない。

魔力が使えない状態のフィオナはあまりにも無力で粗忽《そこつ》すぎて、危険に陥った時に自分で対処する能力を持ち合わせていない。

心配は尽きず、彼女を快く任務に送り出せなくなってきた。

仲間が目を光らせてサポートするにも限界があり、自分が常に近くで守れないのなら、腕輪の力は必要不可欠だ。こればかりはもう譲《ゆず》れない。

マティアスは、フィオナが金の腕輪を常時装着するための手続きを急ぐことに決めた。


目が覚めたら窓の外はすっかりオレンジ色に染まっていた。フィオナはあれからまた二時間は寝《ね》てしまったようで、部屋にはもうマティアスの姿はない。

夕焼けに染められた室内はしんと静まり返り、もの寂《さび》しさを感じる。

いつもならこの瞬間は好ましく、落ち着いた空気の中で物思いにふけっていた。

その日あった楽しかったこと、幸せだったことを思い出し、胸の中に大切に貯《た》め込んで温かな気持ちで過ごしていた。

今は静寂《せいじゃく》が心細い。ベッドの上で膝を抱えて丸くなっていたら、不意に部屋の扉が開き、入ってきた人物と目が合った。

「……すまない。まだ寝ていると思って、ノックもせずに入ってしまった」

一度足を止めて謝罪を口にする姿に、フィオナは懐かしさを感じる。それだけで寂しい気持ちはどこかへ消え去った。

「マティアスが来てくれて嬉しいから、そんなこと気にしないよ」

「ぐっ……」

潤《うる》んだ瞳を和らげてふんわりと微笑まれ、マティアスはたじろいだ。

コホンと一つ咳払《せきばら》いをし、気を取り直す。

「もうすぐ夕食の時間だが食べられそうか？　ここに運ぶつもりだ」

「えっとね、お腹《なか》は空《す》いてるけど、食堂に行くから運んでもらわなくても大丈夫だよ」

「却下だ」

「えー……」

キリッとした顔で一瞬《いっしゅん》で断られてしまった。いつものことなので諦《あきら》めるしかない。

「……一人で食べるのは寂しいのだけど」

「もちろん俺もここで一緒に食べるつもりだ。それならいいか？」

「一緒に……そっか」

この部屋で二人で食事をするのはいつぶりだろう。

鎖《くさり》が必要なくなってからは食堂へ行くようになったので、二人きりでお茶をすることはあっても、食事をすることはなくなっていた。仲間に囲まれてわいわいと食事することはもちろん幸せだけれど、マティアスを一人占《じ》めできる特別感が嬉しい。

（一人占め……）

以前、ミュリエルからマティアスを一人占めしないでと言われたことを思い出した。

あの時は申し訳なくて、彼女にお兄ちゃんのような存在を返そうとした。

マティアスに世話を焼いてもらえなくなるのは嫌だったけど、自分は我慢《がまん》しないといけないと思ったから。

今はどうだろう。彼と一緒に過ごせなくなるなんて、耐えられるはずがない。

自分の中に確かに根付いている気持ちに気付いてしまったから。

フィオナはベッドに座ったまましばらくマティアスと会話をしていたけれど、途中で大変なことに気付いてしまった。自分の髪は恐《おそ》らくボサボサだ。

一日以上寝ていた顔は脂汗《あぶらあせ》でテカテカしている気がする。

（ほわぁぁぁ……！）

恥ずかしくて気が気じゃなくなる。他愛《たわい》のない会話を楽しんでいる場合ではなくなった。

「あのね、夕食の前にシャワーを浴びたいの。だから部屋から出てほしいんだけど……」

顔を見られたくないので両手で隠し、指の隙間から上目でじっと見て訴えかけた。

「っっ、分かった。それでは次は夕食の時に来よう。一時間半後に運んできていいか？」

「うんいいよ。ありがとう」

マティアスはなぜか慌てて出ていったので、寝起《ねお》き姿を見られたくない気持ちを感じ取ってくれたのだとホッとした。

シャワーを浴びると、膝下丈《ひざしたたけ》のニットワンピースを着て、厚手のタイツを穿《は》いた。

日が沈《しず》むと一気に気温が下がり、雪がちらつきそうな寒さになるけれど、フィオナの部屋はマティアスが起動させた温熱ヒーターのおかげで暖かい。

部屋全体に温風を行《い》き渡《わた》らせる魔道具《まどうぐ》は魔石の消費が激しく、定期的に取り替《か》える必要がある。費用は魔術師団の経費から落とされるが、フィオナはできるだけ節約しようと稼《か》働《どう》を最小限に抑《おさ》えている。なんてったって彼女の部屋は他と比べて広いから。

だけどマティアスが部屋を訪れると、毛布に包《くる》まって暖をとっているフィオナに苦笑いした後、すぐに温熱ヒーターを入れてしまう。

勿体《もったい》ないからいいよと言っても、すぐに却下されてしまうのだ。

魔石の消費量より君が快適に過ごせる方が大事に決まっているだろうと言われると、フィオナは困りながらも嬉しくてたまらなくなる。

夕食までまだ時間があるので、フィオナは団長であるレイラの執務室《しつむしつ》に向かった。

目覚めた報告と謝罪をする。

「フィオナ、そんなに気を落とさなくていいから。もう顔を上げて」

部屋に入ってくるなり深々と頭を下げるフィオナに、レイラは書類を作成する手を止めて優しく語りかけ、少し顔を上げてちらりと様子を窺《うかが》うフィオナに笑みを向けた。

「ニナから経緯《けいい》は聞いているわ。あなたは自分の任務を十分果たした上で村の人たちを楽しませようとしたのね」

「そう、ですけど……調子に乗りすぎました」

「そうね。魔力を使い切るまで楽しませる必要はなかったわ。そこはきちんと反省すること」

「はい……もちろんです」

レイラは、しゅんとなるフィオナを頭ごなしに叱《しか》ることができない。

帝国では命令されるがまま休む暇《ひま》なく任務をこなし、ろくな人付き合いもさせてもらえなかったフィオナは、褒《ほ》められる、感謝されるという経験がほとんどなかったのだろう。

そういう感情を向けられると歯止めが利かなくなるが、本人もそれを自覚しており、今は上手くコントロールしようと努力している段階である。

任務自体はしっかりとこなしているので、支障は出ていない。

レイラとしても、もう少し様子を見るつもりでいたけれど……。

（そのうち頭を強く打ったりして、取り返しのつかないことになりそうなのよね……）

どれだけ優《すぐ》れた治癒士でも、失った生命を取り戻すことはできない。

フィオナはもう大切な仲間だ。失いたくはない。

そして彼女を失ったら魔王《まおう》と化し、目につく全てを斬《き》り裂《さ》きそうな、それこそ世界を滅《ほろ》ぼす勢いで荒《あ》れそうな人物に心当たりがある。

レイラは眉をひそめ、深く長くどこまでも重い溜め息を吐いた。

その様子にフィオナはますます落ち込んで、肩をすくめた。

「ごめんなさい……」

「ああ、違うのよ。今のはあなたに向けたものじゃないから。落馬についてはニナの報告書だけで十分よ。始末書は必要ないから、もう下がっていいわ」

「……分かりました。失礼します」

レイラの部屋を出ると、とぼとぼと廊下を歩き階段を下りる。行き先はニナの部屋だ。

「フィオナです」

扉をノックすると、中からガタッ、パタパタと音がして、扉が勢いよく開いた。

「フィオナさぁぁぁぁ……！」

扉が開いたと同時に飛び出してきたニナに強く抱きしめられるが、予想していたことなので驚きはしない。

「迷惑かけてごめんなさい」

小さく謝罪を口にすると、返事の代わりに更に強く抱きしめられた。

「うぅっ」

フィオナは苦しげに唸った。ニナは華奢《きゃしゃ》な見た目に反して力が強い。

「わたっ私が守るって言ったのに、うえっ、助けられなくってごめんねぇぇ、うえっ」

ニナが嗚咽《おえつ》交じりに謝ってくるので、違うよ、そうじゃないよと、ニナが落ち着くまでフィオナが慰めることになった。

謝りに来たはずなのに、あまりきちんと謝れていない。だけどこれ以上言ってもニナが再び泣き出しそうなので、彼女が落ち着いたところで部屋を後にする。

窓の外はいつの間にか雪がちらついていて、廊下は息が白くなるほど寒い。

少し急ぎ足で階段を駆け上り、自分の部屋に戻ると暖かな空気が出迎《でむか》えてくれた。

ソファーに座りながら今後のことを考えていたら、マティアスが夕食を運んできた。

彼と一緒にテーブルに皿を並べて、ポットから温かいお茶をティーカップに注ぐ。

テーブルを挟《はさ》んで向かい合わせに座ると、張り詰めていた気持ちが少し緩み、フィオナはふんわりと微笑んだ。

「何かいいことがあったのか？」

大きなステーキをナイフで切り分けながら尋ねられ、どう答えようかと悩む。

（こういう時に好意を伝えてアピールしたらいいのかな……）

ニナの言葉を思い出し、実行に移そうとする。

だけど意気込んでいざ言おうとすると、とてつもなく恥ずかしい。

フィオナは目を泳がせた。そんな彼女をマティアスは不思議そうな顔で見る。

（何か言わなきゃ……！）

「えっと、えっとね……マティアスと二人で食事ができるのが嬉しくて。何だか懐かしいなって思って、その……こうやって二人きりで食事をするのが……好き、なの」

いつも何も考えずに言っていたはずなのに、いざ好きと言おうと思うと躊躇《ためら》ってしまい、言葉を詰まらせながらどうにか伝えた。

「……そうか。俺もこういった時間を好ましく思う」

「そっか……えへへ」

上手く好意を伝えられなかったが、同じように思っていてくれたと分かって嬉しくなる。

上機嫌《じょうきげん》で食事をとり始めたフィオナは、マティアスが肉を切り分ける動きがぎこちなくなったことには気付かない。

落馬から三日後、フィオナはレイラから、朝食の後に部屋に来るように言われた。

食堂を出たところで、隣を歩くマティアスにちらりと目をやる。彼は朝から任務に向かう予定が入っているはずなのに付き添ってくれるという。

「一人で行くから大丈夫だよ？　マティアスは今から出かける準備があるでしょ」

「問題ない。まだ時間はあるからな」

「そっか……」

マティアスはいつものように笑ったけれど、少し物憂《ものう》げに見える。

彼はレイラの用件を知っているのだろう。フィオナもレイラから告げられることに心当たりがあり、浮かない顔で歩き、ほとんど会話することなくレイラの執務室に到着した。

ノックをして中に入ると、レイラの他にルークの姿があった。

彼はにへらと笑いながら手を振り、もう片方の手には繊細な銀の装飾《そうしょく》が施《ほどこ》された箱を持っていた。見るからにお高そうな青色の箱だ。

「フィオナ。今日からあなたには金の腕輪を装着して任務に当たってもらうわ」

「……はい、分かりました」

予想していたことなので、レイラからの言い付けを素直に受け入れた。

本当はずっと着けていることは気が進まない。

この腕輪を着けるようになってからの人生は散々で、いい思い出なんて一つもないから。

「使わない時はこの箱に入れて管理してほしいっす。さ、ここに魔力を流してください」

ルークに促され、フィオナは彼が持つ箱の上面に埋《う》め込まれている石に魔力を流した。

光の加減で金色や虹色に見える透明《とうめい》な石だ。石に流した魔力は箱を包み込むように全体に行き渡る。一瞬だけ呪印の黒い紋様が箱に浮かび上がり、すぐにスッと消え去った。

「これでこの箱はフィオナさんしか持てないし、開けられなくなったっす。あ、もちろん呪印を施した張本人のオレは持てるし開けられるっすけどね」

「そっすよ。説明するより見た方が早いっすね。それをマティアスさんに触《さわ》らせてみてください。そしたら分かるんで」

フィオナはルークに箱を手渡されて両手で持つ。

言われるがまま箱をマティアスの前に差し出してみると、彼は眉間《みけん》にシワを寄せた。

正直マティアスはこの箱に触れたくない。しかしフィオナのためだと割り切って、右手でそっと触れた。

――バチンッッ。凄《すさ》まじい音と共に、マティアスの手が弾《はじ》かれる。

彼はそのまま後ろに吹《ふ》っ飛《と》び、壁一面に設置された本棚に背中を強打した。尻餅《しりもち》をつき、頭上から大量の書類や資料が落ちてくると、彼のこめかみにピキリと青筋が立った。

「……おいルーク、ここまでの威力《いりょく》があるなら先に言え。せめて背後に何もないところで触らせろ」

箱に手を弾かれることは想定内だったので、受け身を取れるよう足に力を入れていた。

だが施されていた呪印の威力は、想定していた数倍に及んだのだ。

「っは、すんません。つい」

「何がついだ。わざとか？　わざとなのか？」

「えー、まさかぁ。そんなことないっすよ～」

「私だけ？」

してやったり感を満面に表しているルークは、マティアスに胸《むな》ぐらを掴まれた。

二人が言い合うところをレイラはじとっと睨《にら》み、にっこり笑って低い声で問いかける。

「ねぇ、二人できちんと片付けてくれるのよね？」

「「……はい」」

二人はすぐに静かになり、落ちた紙類を拾い出した。しばらくポカンと突《つ》っ立《た》っていたフィオナも、手に持っていた箱を近くの机に一旦置き、片付けに参加する。

本棚をきっちり元通りにしてから、三人はレイラの部屋から出た。

「ねぇルーク。この箱すっごく高そうなんだけど……」

フィオナが眉尻を下げ、恐る恐る聞いてみると、ルークはニカッと笑った。

「それを用意したのマティアスさんなんで、苦情はそっちに言ってほしいっす」

「え？　そうなんだ」

ルークが用意したものだと思っていたフィオナは、ちらりとマティアスの顔を窺う。

「毎日使うものなんだ。目で楽しめる方がいいだろう。君の好みに合いそうなものを選んだつもりだが、気に入らなければ言ってくれ」

彼はいつものようにしれっとしている。言ったことがないのに自分の好みを把握《はあく》してくれていたと知り、フィオナは嬉しくて胸の奥がきゅっと締《し》めつけられる。

「……あのね、すごく綺麗だから嬉しい。特にこの石が虹色に光ってて、金色にも見えてすごく好きなの。ありがとうマティアス」

「そうか。それならよかった。本当は腕輪の使用は気が進まないだろうが、君が思うように任務をこなすためには必要なのだと理解してほしい」

「……うん。大丈夫だよ。もう皆に迷惑はかけたくないから」

わがままを言って仲間を困らせたくはない。複雑な感情は胸の奥に押し込んで、頑張ろうと精一杯《せいいっぱい》の笑顔《えがお》をマティアスに向けた。

「その腕輪には嫌な思い出しかないだろうが、俺はその腕輪に感謝している。それがあったおかげで俺は君と出会えたからな」

マティアスは思っていることを正直に告げた。腕輪が存在しなければ、フィオナが帝国で辛《つら》い思いをすることはなかった。だがその代わり、マティアスと出会うこともなかったのだ。

「そっか……これがなかったら、私は魔術師にすらなっていなかったんだ……」

そうしたら、マティアスと出会えなかった。そんな当たり前のことに今更気付くと、大嫌《だいきら》いだった腕輪が大切なもののように思えてきた。

フィオナの表情が和らいだことにより、マティアスはホッとして目尻を下げる。

そのままいつものように彼女の頭をそっと撫でた。

「では俺は任務に向かう。後で窓を閉めておいてもらえるか」

「うん、分かった。行ってらっしゃい」

マティアスは廊下の窓を開けて飛び降りた。

レイラの部屋を片付けることに時間を取られてしまい、階段を下りる時間すら惜《お》しい。もう任務に向かわなければいけない時間ギリギリだった。

颯爽《さっそう》と走っていく後ろ姿が見えなくなるまで、フィオナは熱をはらんだ瞳でじっと見つめていた。そんな彼女にルークはモヤッとなる。

「もうフィオナさんの方からあの人に気持ちを伝えてもいいと思うんすよね。あの人ヘタレなんで、ストレートに言っちゃってくださいよ」

また気遣《きづか》われてしまい、フィオナはいつものように苦笑いで返した。

「今はまだいいよ。いっぱい頑張ってから伝えたいから、内緒にしててね。それとマティアスはヘタレじゃないよ」

「いや、だから、もうとっくの昔からあの人はフィオナさんのこと好きっすから」

「ありがとう。応援《おうえん》してくれる気持ちだけで十分だよ。それじゃあ私は部屋に戻るね」

そう言い残して、フィオナは自室に戻ってしまった。

「はぁー……」

ルークは窓枠《まどわく》に両手を置いて項垂れる。何を言っても彼女には伝わらず、溜め息が止まらない。フィオナはぼんやりしているのに、なかなか考えを変えない頑固《がんこ》さを持っている。

マティアス本人から好きだと言われない限り、周りの人間がいくら言っても意味がない。二人の関係に外野が口を挟むのはどうかと思うが、そろそろ見守っているだけでは我慢できなくなってきた。

フィオナは任務に向かう準備を終えると、しばらく箱を眺めていた。

結局値段は教えてもらえなかったけれど、確実にお高いであろう箱は本当に綺麗だ。

マティアスが選んでくれたと知ってから、胸の奥から次々と熱いものがこみ上げてくる。恐縮《きょうしゅく》する気持ちよりも嬉しい気持ちが勝《まさ》り、顔が緩んでしまう。

出発の時間が近づいてきたので、箱に魔力を流して蓋《ふた》を開けて、中から金の腕輪を取り出した。

「わぁ……可愛い」

腕輪の下に敷《し》かれていた光沢《こうたく》のある白い布は、カラフルな糸で猫の顔がいくつも刺繡《ししゅう》されたものだった。さすがマティアス。細部まで喜ばせようという心遣《こころづか》いを感じる。

腕輪を右手首にはめて、箱はドレッサーの引き出しに大切に仕舞《しま》った。

ホームから外に出て、厩舎へ向かってしばらく歩き、到着するとすでに今日一緒に行くメンバー三人が集まっていた。

「よう。腕輪はちゃんと着けてきたようだな」

グレアムはいつものように、悪そうな笑みを浮かべた。

「うん。これでもう迷惑かけないで済むね」

「あ？　オマエがかけてたのは心配だっての。鈍臭《どんくさ》すぎるんだよ、このバカタレが」

「ふぎゅっ」

グレアムはフィオナの鼻をむぎゅっと強く摑んだ。

「そうよ。いっつもドキドキさせられてるこっちの身にもなってよね！」

「ははは、本当だよ。頼もしいと思っていたら、いつの間にか死にかけているからね、君。心配してもしきれなくて困っていたんだよ」

ミュリエルとヨナスからも、思ってもみなかった方向から苦情を向けられ、フィオナはキョトンとなる。

「心配してくれてたの？　迷惑かけられて怒ってないの？」

「あったりまえでしょ！　バカフィオナ。アンタはいつも頼りになりすぎるくらい頼りになってるんだからね っ！」

「そうだよ。君のお陰《かげ》でどれだけ楽させてもらっていることか。あんなのは迷惑の内に入らないから大丈夫だよ」

二人の優しい言葉に胸がじんわりと温かくなって、涙が滲んできた。フィオナはわたわたと焦るミュリエルに慰めてもらい、少し落ち着いたところで出発した。

馬で数十分間走って到着したのは岩石地帯で、ここからは歩いて向かう。

今日もリーダーはグレアムだ。口の悪さと素行の悪さは置いておくとして、彼は仕事中は団長に次ぐ有能な人物である。頭の回転が速く状況に応じた的確な判断、魔術の精度の高さ、俊敏《しゅんびん》さ身軽さと全てにおいて秀《ひい》でている。

四人で岩陰《いわかげ》から今日の討伐対象である魔物の群れをじっと観察する。

二十体以上いる長さ十メートルほどの蛇《へび》のような魔物は、岩と同色の鱗《うろこ》に覆われている。

この魔物の皮は伸縮性《しんしゅくせい》がなく熱に弱く、素材を回収したところで使い道がない。

いつもなら迷わず攻撃を仕掛け、毒性のある内臓もろとも全て焼き尽くすところだが、グレアムはじっと観察しながら考えを巡《めぐ》らせていた。

「よし。フィオナ、奴《やつ》ら全て無傷で一箇所に集めろ。そのまま空中で固定できるか？」

「うん、できるよ」

フィオナはグレアムのろくでもない言葉はもう信じないことにしているが、任務中の言葉は別である。彼の指示には絶対的な信頼《しんらい》を寄せているため、言われるがまま従った。

魔物の頭上に中型の魔法陣をいくつも描き、一体残らず風でふわりと持ち上げた。

一箇所に集めて、そのままピタリと状態を維持する。

多量の魔力を消費するが、金の腕輪を装着しているので問題ない。

動きを封《ふう》じられた魔物たちは、四人で手分けして皮を剝《は》いでいく。

「ヨナス、左から一体目と五体目は雌《めす》だ。腹部に魔石があるはずだから傷付けないように取り出すぞ」

「了解」

ヨナスとグレアムはそれぞれ一体ずつナイフで腹部を切り開き、体内で大きく育った魔石を慎重《しんちょう》に取り出した。

「よし。フィオナ、ミュリエル。残りは全て焼き尽くせ」

「分かった」

「任せて」

二人は魔物の頭上に中型の魔法陣を描き、炎で焼き尽くした。これで任務完了だ。

ここにいた魔物たちは、極稀《ごくまれ》に存在する魔石を主食とする個体で、年月をかけてその体を変異させていた。

その結果、しなやかさと強靭《きょうじん》さを持ち合わせた価値の高い素材が収集できた。

食した魔石を融合《ゆうごう》させる雌の体からは、質のよい大きな魔石を二つ回収でき、これだけで数千万の価値になる。

「オマエのお陰で、貴重な魔石が無傷で回収できた。よくやったな」

フィオナはグレアムにわしゃわしゃと頭を撫でられた。

髪がぐちゃぐちゃになったけれど気にしない。役に立てて嬉しくて、へへへと笑った。

「それにしても、変異種だってよく判断できたよね。遠目じゃ全然分からなかったし、近くで見てもよく分からないんだけど」

「あ？　表皮の艶《つや》とか腹部の膨らみとか動きとか見てたら分かんだろが」

「いやいや、普通は分からないからね」

怪訝《けげん》な顔でグレアムを見るミュリエルとヨナスに、フィオナはホッとした。

全く見分けが付かなかったのは自分だけではなかったようだ。

やはりグレアムは頼もしくて素敵《すてき》なお兄ちゃんみたいだなと、尊敬の眼差《まなざ》しを向けた。

「よし、さっさと帰るぞ」

回収した素材は全て、フィオナが風で持ち上げて、両手に積み重ねて運んだ。

「あー、荷物持ちマジ便利」

頭の後ろで両手を組み、先頭をスタスタ歩くグレアムにミュリエルは顔を引きつらせる。

「フィオナ、やっぱり少し持つよ……」

無尽蔵《むじんぞう》の魔力を有するフィオナには全く問題ないだろうが、女性一人に大量の荷物を持たせているという状況にいたたまれなくなる。

「大丈夫だよ。皆の役に立てて嬉しいの」

フィオナは満足気にほんのりと頬を染め、一点の曇りもない晴れやかな顔で笑った。

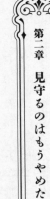

第二章　見守るのはもうやめた

ルークは今日もマティアスとフィオナの様子を眺《なが》めながら深い溜《た》め息《いき》を吐《つ》く。

帝国《ていこく》から帰ってきてからというもの、フィオナはマティアスを明らかに恋愛《れんあい》対象として見始め、好きになってもらおうと努力しているように見受けられる。

最初は微笑《ほほえ》ましく見ていた仲間たちだが、段々ともどかしくなってきた。

どう見ても両想いなのに、もたもたしている二人に、いい加減さっさとくっつけと心の中でつっこむ日々。マティアスはフィオナのことが好きだと本人に教えてみても、彼女は仲間に気を遣《つか》われているとしか思っていない。

やたらと世話を焼かれているのは、責任感からくるものだと思い込んでいる。

一方、マティアスはといえば、なぜか何も行動を起こそうとしない。

ゆるゆるに緩《ゆる》みきった顔でいつも通りに過ごしている。

以前、ルークがマティアスに気持ちを伝えたらどうかと言った時は、『彼女は気を遣って受け入れそうだから、まだ伝えない』との返事がきた。

なるほど、それも一理あると納得《なっとく》した。フィオナはぼんやりとしていて、人から向けられる感情には疎《うと》いが、誰《だれ》かの役に立ちたいという思いを人一倍持っているようだ。

周りに気を遣ってすぐに遠慮《えんりょ》がちになり、迷惑《めいわく》をかけることを嫌《きら》っている。

彼女にとってマティアスはかけがえのない恩人だ。

彼から好意を向けられたら、必ず受け入れるだろう。そこに恋愛感情がなくても。

なのでその時はマティアスの言い分に納得した。だがしかし今は状況《じょうきょう》が違《ちが》うのだ。それなのになぜ伝えないのか。


「マティアスさん、どうして気持ちを伝えないんすか？」

さすがに疑問に思ったルークが再び尋ねてみると、マティアスは何とも穏《おだ》やかな顔で空を見上げた。

「今で十分幸せだ。むしろ幸せすぎて怖い」

「……はぁ？」

まさかの返答にルークは口をポカンと開けた。

この男は、お母さん扱《あつか》いされる不憫《ふびん》な日々が続いていたため、異性として意識されるようになった現状だけで満足しているようだ。

想《おも》いを伝えるタイミングなんて個人の自由で、彼がすぐに伝えなくてはいけないわけではないが、あまりにも彼女が可哀想《かわいそう》だ。

今まで辛《つら》かった分、彼女には早く幸せになってもらいたいと願っているのに。

「そりゃないっすよ」

ルークはマティアスに侮蔑《ぶべつ》の目を向けてからその場を去り、そのままレイラの執務室《しつむしつ》を訪《おとず》れた。そして、つい先ほどのやり取りを報告する。

「……」

レイラは何とも言えない複雑な気持ちになり、頰杖《ほおづえ》をつきながらジト目になった。

「やっちゃっていいっすかね」

「……そうね。私が許すから、好きにしなさい」

「了解《りょうかい》っす。レイラさんがついているなら思う存分できるっす」

マティアスはレイラにはあまり逆らえない。怒《おこ》らせると怖《こわ》い近所のお姉さんのような存在で、幼い頃《ころ》から変わらず苦手としている。

ルークは心強い後《うし》ろ盾《だて》を得た。二人の気持ちは一つになり、そこにはもう言葉など必要ない。熱く視線を交《か》わして頷《うなず》き合った。


よく晴れた日。昼食を終えて部屋に戻《もど》ったフィオナは、せっせと身支度《みじたく》を整えていた。

今日は午後は休みだ。ミュリエルと町に出かけた時に選んでもらった、襟《えり》ぐりが大きく開いた水玉模様の白いブラウスに袖《そで》を通す。屈《かが》むと谷間が見えそうな見えなさそうな、ギリギリを攻《せ》めさせられたもの。フィオナがかろうじて着られるギリギリの露出度《ろしゅつど》だ。紺色《こんいろ》のプリーツスカートは膝上《ひざうえ》の長さ。いつもよりほんの少し短いけれど、言われないと気付かないほどで、こちらも何とか頑張《がんば》って着られる丈《たけ》だ。

色気を出そうという試みは、無理のない範囲《はんい》で継続《けいぞく》している。

いつも髪《かみ》を纏《まと》めている女性が髪を下ろしている姿にドキッとなるものだと聞いたから、髪は下ろしている。前はうなじが見えると色っぽいと言っていた気がするのにな……と思いながらも、せっかくのアドバイスなので取り入れる。

薄化粧《うすげしょう》をして、手提《てさ》げバッグやコートを用意したら準備は完了《かんりょう》。本を読みながら待っていると、マティアスが部屋を訪れた。今から二人で町に出かける予定だ。

「フィオナ、準備は終わったか？」

「あのね、行く前にこっちに来てほしいの」

マティアスは言われるがまま部屋に入り、扉《とびら》を閉めると扉の内側に紙が貼《は》ってあった。

『扉と窓を破壊《はかい》したら許さないから。もちろん壁《かべ》もね。というか全部よ。レイラより』

謎《なぞ》の文にマティアスの頭には疑問符《ぎもんふ》が浮《う》かぶ。

「あの貼り紙は何だ？」

「何だろうね。朝からレイラさんが貼りに来て、何か聞いても教えてもらえなかったの」

「何だそれは。意味が分からないな」

謎を残したまま、フィオナに促《うなが》されてソファーに腰《こし》かけると、白い封筒《ふうとう》を手渡《てわた》された。

「これ、ルークからの手紙だよ。ここでマティアスに読んでもらうように頼《たの》まれたの」

先ほどから、マティアスの頭の中は疑問符だらけだ。とにかく手紙を読めば状況が分かるかもしれないと思い、すぐに目を通すことにした。

読み終わったマティアスの眉間《みけん》にはシワが寄り、すぐに立ち上がって扉へと向かった。

取っ手を摑《つか》んでガチャガチャと荒《あら》い音を立てるが、鍵《かぎ》をかけていないのに、どれだけ試《ため》しても扉は開かない。

「っっ、くっそ」

舌打ちしながら窓の前に移動し、開けようと試みるがこちらも開かない。

マティアスは窓に両手をついて項垂《うなだ》れた。

「どうしたの？」

彼のよく分からない行動にフィオナは困惑《こんわく》し、近くまで駆《か》け寄《よ》って顔を覗《のぞ》き込んだ。

「あー……実はな、ルークのいたずらで、この部屋から出られなくなってしまった」

「出られない？　……あ、もしかして扉と窓を呪印《じゅいん》で封《ふう》じられたってことかな？」

「そうだ」

なぜ今日に限ってそんなことをしたのだろう。午後から町に出かけることを彼は知っているはずなのに。

ルークが昔はいたずらっ子で、呪印によって扉を開かなくするといういたずらをよくやっていたという話を聞いていたが、久しぶりにやりたくなったのだろうか。

だけどなぜ今日、この部屋を選んだのかと、残念でならない。

「お出かけできなくなっちゃったね」

「ぐっ……」

しょぼんと力なく呟《つぶや》く姿に、マティアスは罪悪感が湧《わ》いてくる。

これはルークのせいだが、自分のせいでもあるからだ。

先ほど読んだ手紙の一枚目には、仲間からの苦情が書き連ねてあった。

『気持ちは分かるけど、早く伝えて安心させてあげて。もどかしくて見ていられないわ』

『やっと意識してもらえて嬉《うれ》しいのは分かるけど、ちゃんとしてあげて。可哀想だよ』

『もったいぶってないで、さっさとくっついちまえ。鬼畜野郎《きちくやろう》』

『早く幸せにしてあげてください。可哀想です』

そして二枚目はルークから。

『きちんと気持ちを伝えて両想いにならない限り、永遠に部屋の扉と窓は開きませんから。

「えー……何それ」

一時間後に確認《かくにん》しに行きますんで、それまでにケジメをつけてくださいね』

マティアスは大きく息を吐いた。皆《みんな》からここまで反感を買っていたとは思いもしなかった。

可哀想か……そう言われると確かにそうかもしれない。しかし、こんなことをする必要はあったのか。思いを告げるタイミングは自分で選びたかった。

（くっそ、ルークめ。後で覚えていろ）

罪悪感よりも苛立《いらだ》ちが強くなってきて、マティアスは舌打ちをした。

その様子を見たフィオナの目には涙《なみだ》が浮かんできた。ルークがこんなことをしでかした理由に思い至ったから。

「ごめんなさい。私のせいでお出かけできなくなっちゃった……ごめんなさい」

「――は？　いやちょっと待て。どうして君が謝る？」

マティアスは、なぜか震《ふる》える声で謝罪を繰《く》り返《かえ》すフィオナの、今にも零《こぼ》れ落ちそうな涙を親指でそっと拭《ぬぐ》う。

心配そうに顔を覗き込まれると更《さら》に罪悪感が増し、フィオナの涙腺《るいせん》は決壊《けっかい》した。

「うぅっ……ごめんなさい。私のためなんだと思うの。私の頑張りが足りないから、ルークは見かねてこんなことをしたんだよ、きっと」

自分に魅力《みりょく》が足りないせいで余計な気遣《きづか》いをさせ、そのせいでマティアスに迷惑をかけてしまった。

今日、マティアスは行きたい場所があると言っていた。話している時の彼はすごく柔《やわ》らかな表情で、本当に楽しみにしているのだと伝わってきていた。

それなのに自分のせいで行けなくなってしまうなんて。

フィオナはポロポロと涙を零す。マティアスは眉《まゆ》をひそめてぎりりと歯を鳴らした。

「ごめ――……」

フィオナは再び謝罪を口にしようとしたが、言い終わる前に抱《だ》き寄せられ、大きな腕《うで》にすっぽりと包み込まれた。

彼の右手はどこまでもいたわるように自分の後頭部を優《やさ》しく撫《な》で、左手は強く腰を引き寄せてぴったりと体を添《そ》わせている。

「すまない。君のせいではなくて俺のせいなんだ。あまりにも君が可愛《かわい》すぎて愛《いと》しすぎて、伝えることをつい先延ばしにしてしまった。もっと早く、何なら君をこの国に連れてきてすぐに伝えておけば、ルークにこんなことをさせずに済んだ。本当にすまない」

「かわ……？　いとし……？　連れてきてすぐ……？」

何だかとてつもなく甘く、心を刺激《しげき》するワードばかりが並んでいた。フィオナが頭で処理しきれないまま見上げると、すぐに両手で優しく頰《ほお》に触《ふ》れられた。

「フィオナ、俺は君のことが好きだ。ここに連れてくるずっと前から君に惹《ひ》かれていた。

君が欲《ほ》しくてたまらなかった。だからこの国に連れてきたんだ」

熱をはらんだ低く色気のある声でそっと愛を囁《ささや》く。少し屈んで目線を合わせてくれる彼の瞳《ひとみ》は澄《す》んでいて、真っすぐな気持ちが伝わってくる。

「……好き？　私のこと好きでいてくれたの？　私がマティアスを好きになる前から？」

「そうだ。君が俺の腕をふっ飛ばした時からずっと好きだった」

「腕？　……え、何で？　何でそこ？」

どういうことだ。なぜその状況で好きになる。好きになってもらえるように何だかんだと努力していたというのに、なぜそんなよく分からないタイミングで好きになるのか。

そこはむしろ嫌いになる場面だと思うのに、謎すぎる。

意味が分からなすぎて、おかしくなってきた。

「好きになる要素ないのに……ふふっ、変なの」

おかしいけれど嬉しい。理由なんて何だってよくて、彼が自分のことを好きでいてくれたことが心から嬉しい。フィオナは頬を染めて涙目《なみだめ》で微笑んだ。

マティアスはそんな彼女が愛しすぎて、弧《こ》を描《えが》く小さな口に自身のものを重ね合わせた。

軽く触れてすぐに離《はな》れると、フィオナからは笑《え》みが消え、キョトンとして固まった。

いつまで経《た》っても固まったまま反応がない。マティアスはもう一度軽く重ね合わせたが、それでもフィオナは固まったまま。反応が欲しくていたずら心が湧く。

「っひゃぁっ！」

急な刺激にフィオナは肩《かた》を跳《は》ね上《あ》げた。ぺろりと舐《な》められた口を両手で隠《かく》し、プルプルと震える。

「くく……すまない、つい……くくっ」

思わずしてしまったが、そんなに驚《おどろ》くとは思わず、笑いが込《こ》み上げてくる。

フィオナは文句を言いたいのか、その先を期待しているのか、どちらとも取れる表情で上目遣いで睨《にら》んでくるので、マティアスは自分の都合がいいように解釈《かいしゃく》した。

再び頬に手を添えたところで、部屋にノックの音が響《ひび》き渡《わた》った。

「マティアスさーん！　急遽《きゅうきょ》予定が入ったんで二時間ほど留守にすることになっちゃいました。ヘタレ脱却《だっきゃく》したっすか～？」

呑気《のんき》な質問にせっかくの甘い雰囲気《ふんいき》が消え、マティアスはイラッとなる。

「……忘れていたな」

そう言えば大事なことをすっかり忘れていた。足早に扉へと向かうと、ガチャリと鍵をかけた。せっかく想いが通じ合ったところなのに、邪魔《じゃま》が入ってはたまらない。

「これでよし、と」

「ルークに開けてもらわなくていいの？　今日は行きたいところがあるんだよね？」

「ああ、気にしなくていい。そこは君を連れていったら喜ぶだろうと思っていた場所だからな。ルークに今すぐ部屋を開けさせて町に出かけてもいいが、君はどうしたい？　ちなみにこのままここで二人でいるなら、キスだけで済まないがな」

抱き寄せて耳元でそっと警告すれば、フィオナは耳まで赤くした。

マティアスとしては彼女が恥《は》じらっている姿を見られて、あともう少しだけこうやって抱きしめられたら、今日のところは満足だ。

そろそろ恥ずかしさに耐《た》えきれず、勘弁《かんべん》してほしいと訴《うった》えかけてくるだろう。そう思っていたら、腕の中でプルプル震えていたフィオナが、意を決したように抱きついてきた。

「……まだこのままがいい」

「ぐっ……」

まさかの返答にたじろぐ。自分はきちんと警告し、選択肢《せんたくし》を与《あた》えたというのに。

それでもいいと言うのなら……遠慮しなくていいのでは？

いや、そうだとしても、さすがに手を出すのは早すぎる。マティアスは葛藤《かっとう》し始めた。

このまま突《つ》っ立《た》っているのも何なので移動することにし、フィオナを抱き上げた。

「わわ」

流れるような素早《すばや》い動きで肩と膝裏《ひざうら》に手をかけられ、ひょいと横抱きにされる。慌《あわ》てたフィオナは瞬《また》く間《ま》にベッドへ運ばれて、ふかふかなマットレスの上に優しく下ろされた。

おずおずと見つめた藍色《あいいろ》の瞳はいつものように優しい。だけどその中に確かな熱を感じとった。彼は自分に恋情《れんじょう》を向けてくれているのだとはっきり分かる。

ずっと欲《ほっ》していた感情だ。彼からそれを向けられていることが嬉しくて、フィオナは彼の手をぎゅっと握《にぎ》って微笑んだ。

少しの警戒《けいかい》もなく受け入れようとする姿に、マティアスはひたすら葛藤し続けていた。

ダメだ。さすがに早すぎる。もっとゆっくり仲を深めていくべきだ。だがしかし――

遠慮する必要がどこにある？　拒《こば》まれないのなら、遠慮しなくてもいいのではないか。

どう考えてもいいとしか思えず、理性と欲望がせめぎあう。

「ヘタレー！　まだヘタレっすか？　どっちなんすか～？」

外野の騒音《そうおん》は無視だ。頬にちゅっと口づけをして、柔らかな体を抱きしめる。

「おーい！　聞こえてるっすか？　途中《とちゅう》経過でもいいんで報告してくれません？　わりと急いでるんすけど～」

騒《さわ》がしくドンドンと扉を叩《たた》く音のせいで、ムードもへったくれもない。

マティアスは、はぁあと脱力《だつりょく》した。

少し待った後、ヘタレ脱却を聞き届けたルークは呪印を解除した。

扉を開けたら目の前にいたマティアスの顔はとてつもなく不機嫌《ふきげん》そうだが、気持ちが通じ合ったことに一先《ひとま》ず安堵《あんど》し、ルークはやれやれと息を吐いた。ちらりとベッドの方に目をやれば、プルプルと震えているフィオナがいて、ルークはピシリと固まった。

彼女の服に乱れはないが、胸元《むなもと》とスカートの裾《すそ》をギュッと強く握りながら俯《うつむ》いている。

（――しまったぁ！　想いが通じ合った後のことを考えていなかった……！）

ルークは青ざめた。二人きりの密室。想いが通じ合った男女がその後、朗《ほが》らかに語り合って過ごすはずがない。目の前の男が我慢《がまん》できるはずがなかった。

ルークはマティアスの両肩《りょうかた》を摑んで前後に激しく揺《ゆ》らす。

「マティアスさん、早すぎっす！　閉じ込めてからまだ十数分っす！　まさか無理強《むりじ》いしてないっすよね？」

「何を言っているんだ、当たり前だろう。いろいろとしようとしたが、まだしていない」

「いろいろって、いろいろって何すかぁ？」

初っ端《しょぱな》からどこまで手を出そうとしたんだ。ルークは慌ててフィオナに駆け寄った。

「フィオナさん、閉じ込めてすまなかったっす。本当に酷《ひど》いことはされてないっすか？」

「……うん。大丈夫《だいじょうぶ》だよ」

フィオナは震える声で小さく返事をする。

涙目で顔を真っ赤にしている姿に、ルークは胸を撃《う》ち抜《ぬ》かれた。

「っは、やばいっす。キュンとしちゃって、この気持ちどうすればいいっすかね？」

「そんなものは今すぐ捨てろ。というか見るな、殺すぞ」

「そんなぁ～酷いっすよ」

「煩《うるさ》い」

目の前《まえ》で言い合う二人の姿に、フィオナの気持ちは少しずつ落ち着いてきた。

しばらく微笑ましく眺めていたが、マティアスがルークの首をぎりりと締め上げたところで止めに入る。

「マティアス、もうやめて。あのね、町に行きたいの。どこかに連れていってくれる予定だったんだよね？」

その言葉に、マティアスはルークの首から手をパッと離した。

「あぁ、そうだったな。今すぐ行こう」

窓の外には青空が広がっている。絶好のお出かけ日和《びより》だ。

思いが通じ合って初めてのお出かけにフィオナは心を弾《はず》ませる。

その様子にルークは満足し、ぐっと拳《こぶし》を握りしめた。


この日、フィオナはいつもよりずっと早く目が覚めた。しばらく天井《てんじょう》を見ながらぼーっとした後、むくりと起き上がりゆっくり窓際《まどぎわ》に近づいた。

まっ白に曇《くも》った窓の一部を手でキュキュッと拭《ふ》いて、白んできた遠くの空を眺めた。

「晴れるといいなぁ」

今日はエルシダ王国にとって大切で特別な日、建国記念日だ。

各地で祭りやイベントが催《もよお》され、国中が祝う。そして国で一番栄えた地である王都では、王家主催《しゅさい》の建国祭が開かれる。そこでフィオナは重要な役目を与えられている。

万全《ばんぜん》な状態で挑《いど》めるように昨夜は早くに就寝《しゅうしん》し、そしていつもよりずっと早く目が覚めた。この国で参加する初めてのお祭りに、期待で胸がいっぱいだ。

今日は重要な役目の他に、町の巡回《じゅんかい》という任務も与えられている。

騎士団《きしだん》、魔術師団《まじゅつしだん》のほぼ全員に与えられる任務であり、遵守事項《じゅんしゅじこう》は三つだけ。

『制服着用・お酒は程々《ほどほど》に・揉《も》め事《ごと》厳禁』

それさえ守っていれば、恋人《こいびと》とデートしていようが、カフェでまったり寛《くつろ》ごうが、昼寝《ひるね》をしようが、屋台巡《めぐ》りをしようが、各々《おのおの》好きに過ごしていいのである。

国の最高戦力が町中をうろついているというだけで、市民には安心安全を、悪事を働こうとする輩《やから》には牽制《けんせい》を与えられる。

そしてもちろん、目の届くところで行われた犯罪や迷惑行為《こうい》などは、各自で対処するというのが暗黙《あんもく》のルール。祭りを心ゆくまで楽しみたい者は、後始末を通りがかった仲間に押し付《に》けて逃げるなんてこともあるそうだ。

フィオナが帝国の魔術師だった頃は、分刻みのスケジュールをこなし、少しの自由もなく任務に縛《しば》り付《つ》けられていた。

その時のことを思えば信じられないほど、エルシダ王国はどこまでも自由な国風だ。

今日はマティアスと一緒《いっしょ》にお祭りを見て回ることになっている。

彼と両想いになり、恋人と呼べる関係でお祭りを楽しめることにわくわくが止まらない。

白いシャツと黒いズボンに着替《きが》え、髪は後ろで緩く編み込んだ。

いつものように仲間たちと一緒に朝食をとった後は、部屋に戻って少し時間を潰《つぶ》し、深緑色のローブを羽織った。右腕《みぎうで》に金の腕輪《うでわ》を装着すると、自然と気が引き締まる。

「よしっ」

準備を終えると階段を駆け下りる。逸《はや》る気持ちから途中で足がもつれて落ちそうになったが、風でふわりと体を浮かせるので問題ない。

どれだけ鈍臭《どんくさ》くても、魔術さえ使えればいくらでもカバーできる。

フィオナは一階で待っていたマティアスの下へ駆け寄った。

彼は黒い騎士服姿で、腰には蒼《あお》い剣《けん》を携《たずさ》えている。

「よし、それでは行こうか」

「うんっ」

二人並んで町へと向かう。見上げた空は快晴。絶好のお祭り日和だ。

「わぁぁ……」

辿《たど》り着《つ》いた町の賑《にぎ》わいにフィオナは瞳を輝《かがや》かせる。大通りにいくつも並ぶ屋台では、見たことのない食べ物や、異国から仕入れた雑貨などが売られている。

「さて、どこから見て回ろうか」

隣《となり》からかけられた優しい声に返事ができず、しばらくきょろきょろと辺りを見回す。

気になるところが多すぎて、どうすればいいのか分からない。

「えっと……マティアスの行きたいところに付いていくよ」

散々悩《なや》んだ末にそう言うと、マティアスはフッと笑った。

「そう言うと思った。それでは南通りの方から回るか」

「うん」

行き先が決まり二人並んで歩き出す。

もちろんマティアスはフィオナを注意深く観察している。彼女が興味深そうにじーっと何かを見る瞬間《しゅんかん》を見逃《みのが》さないように神経を研《と》ぎ澄ませているが、さすがに今日は気になるものが多すぎるようだ。

彼女はほぼ全ての店を食い入るように見ているため、観察は無意味だと早々にやめた。

「気になる店で立ち止まって好きに見ていいんだぞ。遠慮はなしだ。遠慮するなら全ての店で土産物《みやげもの》を買って渡そうか？」

「え……」

何という脅《おど》し文句。冗談《じょうだん》めかして言っているが、今までの経験上、冗談でないことは確かだ。フィオナは直《ただ》ちに従うことにした。

繊細《せんさい》で彩《いろど》り豊かなガラス細工や、温《ぬく》もりを感じる木彫《きぼ》りの置物の店で立ち止まり、興味深く眺めていく。欲しいと思ったものは、プレゼントされる前に自分のお金で購入《こうにゅう》した。

店主から商品を受け取って、ほくほく顔で袋《ふくろ》を眺めるフィオナは、マティアスの残念そうな顔には気付かない。

今日は祭りなだけあって、連《つ》れ添って歩く若い男女が多い。手を繋《つな》ぎ、腕を組み、抱き合《あ》う姿。お祭り気分で浮かれているのか、人目を気にせず触れ合う姿が多く見受けられる。

そんな人々を、フィオナは興味深くじっと眺めていた。

「君もああいったことをしたいのか？」

「ううん。人前でいちゃいちゃするのは恥ずかしいからいいよ」

「そうか」

フィオナは少しも悩むことなくきっぱりと言い切った。マティアスは残念に思ったが、彼も人前で触れ合うのはあまり好まないからよかったかもしれない。

（手を繋ぐ程度なら請《こ》われれば喜んでするのだがな……）

やはり少しだけ残念に思いながら、飴細工《あめざいく》の実演販売《はんばい》に目を奪《うば》われて足を止めたフィオナを、後ろから見守っていた。

「おや、魔術師のお嬢《じょう》さん。巡回ご苦労様です。リクエストがありましたら作りますよ」

細い棒の先の青白い飴の塊《かたまり》がグニャリグニャリと形を変えていき、繊細なテクニックによって見事な竜《りゅう》が生まれた。

完成を見届け、感動して拍手《はくしゅ》を送っていたフィオナは、職人から声をかけられた。

「本当ですか？　えっと、それじゃ、猫《ねこ》を作ってください。可愛いのがいいです」

「可愛い猫ですね！　喜んで」

職人はニカッと笑うと、すぐに真剣《しんけん》な表情で飴を形作り始める。あっという間に耳と足が薄桃色《うすももいろ》の可愛らしい白猫が出来上がり、フィオナは再び拍手を送った。

「さぁどうぞお嬢さん」

「ありがとうございます。わぁ……可愛い。マティアス見て、すごく可愛い」

「ああ、可愛いな」

彼はもちろん飴を受け取って頬を染めるフィオナに向かって言ったが、当の本人は飴に夢中なので気付いていない。

サービスだから代金はいらないと言われてしまったので、手のひらサイズのガラス瓶《びん》に小さな飴が入ったものを二つ購入することにした。

ハート型のものとウサギ型のものを選び、その代金はきちんと受け取ってもらった。

フィオナは購入したものがいくつか入った紙袋《かみぶくろ》を左手に持ち、右手には猫の形の飴を持って再び歩き出す。最初はにこにことご満悦《まんえつ》だったが、徐々《じょじょ》に浮かない顔になり、真剣な表情で隣のマティアスに相談を持ちかけた。

「どうしよう、可愛くて食べられない。だけど食べたいの。どうしたらいいと思う？」

「ぐっ……そうか。それは困ったな」

何とも気の抜けた相談だが、本人は真剣そのもので、マティアスは顔が緩むのを何とか堪《こら》えながら一緒に考える。

食べるのを我慢するか、思い切って食べるかの二択《にたく》しか存在しないよなと思いつつ、どうしたものかと相談しながら歩いていると、前からミュリエルとアランが歩いてきた。

アランは屋台でいろいろと買《か》い漁《あさ》ったようで、両手はいくつもの食べ物で塞《ふさ》がっており、もぐもぐと何かを咀嚼《そしゃく》している最中だ。

「フィオナいいもの持ってんじゃん」

「さっき作ってもらったんだよ。ねぇミュリエル、お願いだから一口食べてくれないかな。できれば思いっきり」

「え？　うん分かった」

真剣な顔をしたフィオナが飴を目の前にずいっと差し出してくるので、ミュリエルは前足部分を手でパキンと割って口に放り込んだ。

フィオナは一瞬《いっしゅん》残念そうに眉をへにゃりとさせたが、すぐにホッとしたように表情を和《やわ》らげた。

「ありがとう。これで心置きなく食べられるよ」

「うん、どういたしまして？　……ああ、可愛くて食べられなかったとかそんな感じ？」

「うん、そうなの」

フィオナはようやく飴を口にすることができ、顔を綻《ほころ》ばせる。もう遠慮することなくパキンパキンと割って食べていった。

「助かった。よくやってくれたミュリエル」

マティアスは答えの出ない相談事が解決したことに感謝し、ミュリエルの頭を撫でた。

「へへへ。どういたしまして」

とてつもなくくだらないことに感謝されているようだが、役に立てたことは嬉しい。

フィオナは紙袋からごそごそと瓶を取り出し、ミュリエルに差し出した。

「ねぇミュリエル、これあげる」

「うわぁ可愛い。貰《もら》っていいの？」

「うん。あのね、これ恋愛成就《じょうじゅ》のキャンディーなんだって。もしかしたらもう必要ないのかもしれないけど……」

アランをちらりと横目で見た後、他の人に聞こえないように耳元でこそっと伝えると、ミュリエルの顔はボッと音が出そうなほど一瞬で真っ赤に染まった。

「なっ、なななっ……今日はたまたま誘《さそ》われただけでっ、そういうのじゃないからっ！……でもこれはありがたく貰っておくっ。ありがと！」

「どういたしまして。それじゃあね」

フィオナは、激しく狼狽《うろた》えるミュリエルと、もぐもぐと食べ続けているアランに手を振《ふ》って、その場を後にした。

「さて、まだ時間に余裕《よゆう》はあるが、そろそろ向かおうか」

「そうだね」

今日は国王から重要な役目を与えられている。時間に遅《おく》れるわけにはいかないので、二人で王城に向かって歩き出した。どんどん人が増えてきた大通りを進んでいると、フィオナはローブの裾を後ろから引っ張られた。何だろうと振り返り下方に目をやると、不安そうな顔をした五歳ほどの少女がいた。

「お姉ちゃん、魔術師さま？　そっちのお兄ちゃんは騎士さま？」

「そうだよ」

にっこり笑って答えると、少女は背筋をピンと伸《の》ばし、キリッとした顔で話し出した。

「わたしの名前はエリーです。五歳です。えっと、カマラ村からママと一緒に来ました。

……これでよかったかな？　ママがね、『迷子になった時は魔術師様か騎士様に声をかけるのよ』って言っていたの」

「そっか。それじゃ一緒にエリーちゃんのママを捜……あ、ダメだった」

自分は今から重要な役目があるのだ。一緒に捜し回っている時間はない。

「どうしよう……マティアス」

迷子の少女よりも不安そうな顔のフィオナに、マティアスはつい笑ってしまう。

「くくっ……そうだな、大広場の詰所《つめしょ》へ連れていこう。そこで待っていれば必ず母親が迎《むか》えに来るはずだ」

「そっか、そこまでは一緒に行けるよね。それじゃ行こっか、エリーちゃん」

「うんっ！」

道中で母親とすれ違う可能性もあるだろうと、マティアスは少女をひょいと持ち上げて肩車《かたぐるま》した。

「わぁー！　たかぁい！」

道行く人も町の様子も一望できるようになり、少女はご満悦だ。楽しそうにきょろきょろと辺りを見回し、景色を楽しみながら母親を捜す。

フィオナはちょっぴり羨《うらや》ましくなって、ちらりと横目でマティアスを見る。

視線に込められた思いをすぐに感じ取ったマティアスはフッと笑った。

「今度してやろうか？」

「……えっと、さすがにいいよ」

「そうか」

ちょっとだけ気持ちがグラリと傾《かたむ》いたけれど、さすがに遠慮しておいた。

結局、道中で少女の母親に出会うことなく、大広場に到着《とうちゃく》した。

「わぁ……人がいっぱい」

「わたし知ってるよ！　お昼になったらね、ここですごいものが見られるんだって！　ママと一緒に見ようねって……約束して……すっごく楽しみだったのに……」

はぐれてしまったから一緒に見られないかもしれない。そのことを思い出し、ハキハキと説明していた少女の元気がなくなった。

「約束してたなら、エリーちゃんのお母さんもここに来るはずだよ。だから元気出して」

「うん……」

詰所前に到着すると、マティアスは少女を肩から下ろした。

フィオナは少女の前で屈み、紙袋からウサギの形をした飴が入った瓶を取り出した。

「はい、これあげる」

手渡された可愛らしい飴に、少女は顔を綻ばせた。

「ウサギさんだぁ！　ありがとうお姉ちゃん」

「どういたしまして。食べるのはお母さんに聞いてからにしてね。知らない人から貰った食べ物は勝手に食べちゃダメなんだよ」

「うん、分かった！」

フィオナは昔、母から口うるさく言われていたことを少女に教えた。

詰所内にいた騎士たちに少女を託《たく》し、手荷物も預かってもらい、マティアスと再び王城に向かって歩きだす。大きな橋を渡って並木道を数分歩き、王城に到着した。

門番にペコリと頭を下げた後は、城の中には入らずに城壁《じょうへき》沿いに少し歩き、マティアスと共に風の魔法陣《まほうじん》を足元に起動させて高く飛び上がった。

降り立った場所は王城の屋根の上。町の大広場をしっかりと見渡《みわた》すのに最適な場所だ。

「遠すぎるように思うが、本当にここからで大丈夫なのか？」

「うん。目に見える範囲ならどこまででもいけるよ」

「そうか。それはすごいな」

「わわ」

マティアスは感心しながら、流れるような動きでフィオナをひょいと横抱きにし、自身の膝の上に乗せて座った。

「ここは人前じゃないからな」

しれっと言うマティアスに、フィオナはそっか、そうだよねと納得し、遠慮なく甘えることに決めた。ぎゅっと抱きつく。

「しばらくこうしてていい？」

「……ああ、もちろんだ」

予定時刻まであと少し。それまで恋人らしく触れ合いたくなった。

「あったかい」

「……」

ここまでぴったりとくっついてくるのは想定外。マティアスは理性を保つため、無心でじっと耐えることにした。彼女は今から重要な役目があるのだ。

目を閉じて温もりを堪能《たんのう》すること数分、町の大広場の時計塔《とけいとう》の鐘《かね》が正午を告げた。

フィオナはゆっくりと目を開き、名残惜《なごりお》しそうにもぞもぞと離れて立ち上がる。凛《りん》とした佇《たたず》まいで町を見据《みす》え、両手を前にスッと出した。右手にはめた腕輪が金色に淡《あわ》く光る。

町に向けて彼女から放たれたのは膨大《ぼうだい》な魔力《まりょく》。町の上空に広がったそれらは金色のインクのようにいくつも空中を舞《ま》い、なめらかに紋様《もんよう》を描いていく。

大広場だけでなく、目に見える範囲全てを支配下に置き、青く澄み渡る空に金色の紋様を紡《つむ》ぎ出し、魔法陣を全て同時に描いていった。

ものの数秒で完成した数十個の特大魔法陣が空を埋《う》め尽《つ》くし、金色に光った。虹色《にじいろ》に輝く光の玉が次々と地上に舞い落ちる。くるりくるりと人々の間をすり抜けながら楽しげに飛び回る。蝶《ちょう》へ、鳥へ、花へ、次々と姿を変えては光の粒《つぶ》が舞う。

魔術の発動を見届けると、フィオナは両手を下ろして表情を和らげた。

一度発動させてしまえば、魔力を流している限りいつまでも発動し続ける。

「喜んでくれてるといいなぁ」

ここからでは人々の様子はさすがに見えない。

「大丈夫、喜んでいるに決まっている。君の魔術は本当にすごいな」

「えへへ、ありがとう」

「もう集中していなくて大丈夫なのか？」

「うん。あとは魔力を流し続けていればいいだけだから、普通《ふつう》に過ごせるよ」

「そうか」

なるほど、それならもう大丈夫だと、マティアスは我慢を直ちにやめた。

何の前触《まえぶ》れもなく唇《くちびる》を塞がれたフィオナは目を丸くする。

驚きと共に体から溢れ出たのは膨大な魔力。魔術を発動させた時とは比べ物にならないほどの魔力は、空を埋め尽くす魔法陣全てに染《し》み渡り、目が眩《くら》むほどの強い輝きを放った。

一瞬にして王都が光に包まれたその理由は、二人以外誰も知らない。

閑話　兄のように

「おい、フィオナ。暇《ひま》してるんだったらちょっと付き合え」

空色の長い髪《かみ》をさらりと下ろし、中庭のベンチでいつものようにぼーっと腰掛《こしか》けて、暖かな日差しにうとうとしかけた時。フッと影《かげ》が差したと同時に頭上から声が降ってきた。

ぼんやり眼《まなこ》で見上げたら、目付きの悪い緑色の双眼《そうがん》に見下ろされていた。

「……グレアム、どこか行くの？」

彼は黒いVネックシャツにダークグレーの細身のズボン姿だ。右耳にはシルバーのピアスが二つ光り、左腕《ひだりうで》にはジャラリと重なったブレスレット。気怠《けだる》げな雰囲気《ふんいき》や目付きの悪さと相まって、町のチンピラと言われても文句は言えないようなガラの悪さだ。

そんなグレアムにのんびりと問いかければ、ニヤリと悪そうな笑《え》みで返された。

フィオナは、『ガキの相手を頼《たの》めるか』というグレアムの申し出を快く受け入れて、彼と一緒《いっしょ》に歩いて町の郊外《こうがい》までやってきた。

彼女の両手には大きな箱がそれぞれ三つずつ重なっている。風の魔術《まじゅつ》を発動させてバランスを取りながら軽くしているので、落とす心配もなければ重さも問題ない。

そんな彼女を先導して歩くグレアムの両手は空いている。

彼が得意なのは水の魔術である。物を押し流すのは得意だが、濡《ぬ》らさずに運ぶには膜《まく》を張る必要があるので、多量の魔力が必要になるし面倒《めんどう》くさい。自分が楽をするためならば、使えるものは人だろうと何だろうとありがたく使うのが彼のモットーだ。

「いやぁ、オマエほんと役に立つわ。キープしておいた台車が誰《だれ》かにパクられてた時はマジで犯人ぶっ殺そうかと思ったけどな」

「そんなことしたらダメだよ。また反省文書かされちゃうよ」

「あーアレな。アレは何回書いてもかったるいよな。しょうがねぇから犯人の鼻の穴に氷の粒《つぶ》を大量につっこむだけにしておくか」

「……女の子だったらやめてあげてね」

グレアムは女性に荷物を全て持たせているという状況《じょうきょう》を少しも気にすることなく、平然とスタスタと歩いていく。

十数分後に到着《とうちゃく》した場所は、彼が育ったという養護施設だ。三角屋根の木の建物は、所々がベニヤ板で修繕《しゅうぜん》されていたり、子どもが描《か》いたような花の絵で彩《いろど》られていたり。

手作り感溢《あふ》れる花壇《かだん》やポストなど、そこかしこに温かみを感じる。

可愛《かわい》らしいプレートがかけられた白塗《しろぬ》りの大きな扉《とびら》を開けて中に入ると、すぐに管理者である神父が出迎《でむか》えた。

「よう、グレアム。人を連れてくるなんて珍《めずら》しいじゃねぇか。オマエの女か？」

フィオナはちょっぴり驚《おどろ》いた。

可愛らしい場所だったので、小柄《こがら》でふくよかで笑顔《えがお》が素敵《すてき》な女性が出迎えてくれると想像していたのに、ゴツくて背の高いガラの悪い男性が出てきたからだ。

格好こそ洗練された白い神父服だが、焦《こ》げ茶色《ちゃいろ》の長髪《ちょうはつ》を後ろに流し、葉巻をふかしながら気怠げに話しかけてくる。さながらチンピラのボスという感じに、フィオナは一瞬《いっしゅん》で悟《さと》った。グレアムの口の悪さと気怠げなところ、素行の悪さはこの人の影響《えいきょう》だと。

「コイツは第一の仲間だよ。あの鬼畜野郎《きちくやろう》に何されっか分かんねぇから、俺の女だなんて二度と口にするな」

「……へぇ」

神父はフィオナに興味が湧いたようだ。両手に持っていた箱を床《ゆか》に積んでいる彼女をまじまじと見た。それなりに名のある良家出身で、今でも資産家のパーティーなどに顔を出すことがあるこの男は、グレアムの言う『鬼畜野郎《きちくやろう》』が誰のことなのかを知っている。

どんな女性に言い寄られても、軽くあしらう無愛想な姿をよく目にしていたが、ここ最近は、一人の女性にご執心《しゅうしん》だという噂《うわさ》を耳にしていた。

こういった年下のクール系美人が好みだったのかと納得《なっとく》する。

「あぁ、自己紹介《しょうかい》がまだだったね、お嬢《じょう》さん。俺はウォルトってんだ。ここの管理を任されてるしがない神父だよ」

「はじめまして。私はフィオナって言います。よろしくお願いします」

いつものようにのんびりゆったりと挨拶《あいさつ》し、ぺこりと頭を下げると、ウォルト神父は葉巻をポロリと落とした。

「違和感半端《いわかんはんぱ》ねぇな」

「これがこいつの普通《ふつう》だ。すぐに慣れる」

眉《まゆ》をひそめるしぐさも二人はそっくりだなぁと、フィオナがぼんやりと思っていたら、奥から子どもたちが走り寄ってきた。

「グレ兄、何持ってきたのー？　お菓子《かし》ある？」

「おもちゃは？　私おもちゃがいい」

「グレアムさん、新しい魔術書を持ってきてくれるってこの前言っていましたよね」

あっという間に箱の周りに子どもたちが群がった。

勝手に開けることはしないが、期待に満ちた表情が早く開けろと訴《うった》えてくる。

「おら、オマエら先に言うことがあんだろうが」

ウォルト神父が促《うなが》すと、子どもたちはスッと立ち上がり、背筋をピンと伸《の》ばした。

「「こんにちは！」」

礼儀正《れいぎただ》しくペコリと頭を下げると、わっと一斉《いっせい》にグレアムとフィオナを囲んだ。

「お姉さんだぁれ?」

「グレ兄の彼女じゃない?」

「違《ちが》うよ。グレ兄は彼女はいらないってこの前言ってたじゃん。だから遊びの女だよ」

「飽《あ》きたらポイッとされるやつだぁ」

「グレ兄さいてー。おんなのてきー」

子どもたちから口々に好き勝手囃《はや》し立《た》てられ、グレアムはプツンと切れた。

「おい。オマエら勝手なことばっか言うんじゃねぇよ」

「うわぁい! 高い高ぁい!」

「もっとゆらゆらしてぇー!」

ピキリと青筋を立てた目つきの悪い男が、両肩《りょうかた》に男児を担《かつ》いで前後左右に揺《ゆ》らしている様子を、仲がいいんだなぁとフィオナは微笑《ほほえ》ましく見ていた。

その様子を後方の扉の隙間《すきま》から二人の少女が覗《のぞ》いていた。扉に置いた両手を震《ふる》わせながら、わなわなと怒《いか》りをたぎらせる。

「どうしよう。グレ兄さまが女を連れてきちゃった」

「わたくしたちのグレ兄さまなのに……許せないわ」

二人はおませなお年頃《としごろ》。将来の夫はグレアムともう決めている。そんな彼が連れてきた女性というだけでフィオナは敵確定だ。

「追《お》い払《はら》うわよ」

「ええ、これでも食らいやがれですわ」

少女は手に持っていた籠《かご》から芋《いも》を一つ取り出して、フィオナに投げつけた。

「あいたっ」

抜群《ばつぐん》のコントロールで後頭部を直撃《ちょくげき》した。フィオナは、床に落ちて転がる芋を拾った。

「……芋？」

首を傾《かし》げながら小さく呟《つぶや》いて、飛んできたであろう方を見ると、第二弾《だん》、第三弾が迫《せま》っていた。すかさず風で勢いを殺してふわりと受け止める。二十個ほど受け止めたところで芋攻撃《いもこうげき》はようやく収まり、フィオナは少女たちに声をかけた。

「食べ物を人に投げつけちゃいけないよ」

「「ぐぬぬ……」」

二人はごもっともな言葉に反論できない。

「ソニア、ロザリー、オマエらこっち来い」

「「ひうっ」」

ドスのきいた声でウォルト神父に呼ばれてしまった二人はびくっとなり、観念してゆっくりフィオナに近づいた。

「「……ごめんなさい。もうしません」」

二人で顔を見合わせてから、不貞腐《ふてくさ》れた表情で声を合わせて謝罪すると、全く反省していない反抗的《はんこうてき》な目をフィオナに向けた。

「うん、もうしないならいいよ。こんにちは。私はフィオナっていうの。よろしくね」

ふんわりと微笑みながら挨拶をされ、二人は一瞬たじろいだ。

大人の余裕《よゆう》を感じてぐぬぬとなる。だがしかし、負けじと若さで対抗《たいこう》することにした。

「ロッ、ロザリーよ。ピチピチの十歳よっ！　年増の女になんて負けないんだからねっ」

「ソニアですわ。わたくしも肌艶《はだつや》が自慢《じまん》の十歳ですわ」

ふわふわ桃色《ももいろ》ツインテールを揺らし、吊《つ》り目がちの猫《ねこ》のような瞳《ひとみ》で威嚇《いかく》してくる少女と、藍色《あいいろ》の長い髪を手で払いのけながらツンと顎《あご》を突《つ》き出《だ》す少女に、フィオナはキュンとなる。

「可愛い……ロザリーちゃんミュリエルにそっくり。ツンツンしてて可愛い」

「は？　かわっ？」

ロザリーは目付きの悪さも相まって、生意気だと言われてばかりいた。可愛いと言われたのは久々すぎて、顔を赤くして照れた。

「ソニアちゃんは大人っぽくて可愛い。それに落ち着いた藍色ですごく綺麗《きれい》な髪だね」

「へ？　きれい？」

ソニアはもっと可愛らしい明るい髪色がよかったといつも嘆《なげ》いていた。自分の暗い髪色が嫌《きら》いなのだ。せめて少しでも綺麗に見えるように毎日手入れを欠かさないでいたが、綺麗だと言われたのは初めてのこと。

日頃《ひごろ》から欲《ほっ》していた褒《ほ》め言葉に、二人の気持ちは速攻《そっこう》でグラリと傾《かたむ》いた。だけど負けてなるものか。グレアムに相応《ふさわ》しいのは自分たちなのだと気持ちを切《き》り替《か》えた。

「グレ兄さまに相応しいのは私たちなんだからねっ！」

「そっか。二人ともグレアムのことが好きなんだ。グレアムは優《やさ》しいもんね」

「そうですわ。あなたには勿体《もったい》ないですわ」

「グレ兄さまは私たちと結婚《けっこん》するって決まってるんだからねっ！」

「わぁ、そうなんだ。いいなぁ……」

この歳《とし》でもう結婚相手が決まっているなんてすごいと感心した。

「ふふ、残念でしたわね。あなたはグレ兄さまと結婚できませんのよ」

「え？ そんなのこれっぽっちもしたくないよ」

真顔できっぱりと言い切るフィオナ。二人は『あれ？』と首を傾げる。

「これっぽっちもって……本人目の前にしてんだから、ちったぁ言葉選べよな」

「そっか、そうだね。えっと……ごめんね？」

「ははっ、フラれてやんの」

「フラれてねぇよ。ったくどいつもこいつも」

面倒くさそうにブツブツ呟きながら、グレアムはフィオナの頭を軽くポンと叩く。その瞳からは優しさが滲《にじ》み出《で》ている。

「へぇ……」

数年ぶりに見た彼の柔《やわ》らかな表情を、ウォルト神父は興味深そうに見る。

ソニアとロザリーはまたしてもぐぬぬとなった。そして彼女たちも、グレアムの様子は明らかにいつもと違うと感じた。こんなに柔らかく穏《おだ》やかな空気を纏《まと》った姿は知らない。

「ねぇ、このお芋どうするの？」

「え？ えっと、それは庭に集めてある落ち葉で焼こうかと……」

「そっか。それじゃ行こっか」

「へ？ あ、はい……」

両腕《りょううで》に芋を抱《かか》えながら、どこまでもマイペースに接してくるフィオナに二人は怒りを忘れ、庭に案内することにした。

「何だアレ……」

せっかく遊び要員として連れてきたのに、女子二人に連れていかれたフィオナにグレアムは眉をひそめる。

他の子どもたちは箱を開けて中のおもちゃや本を取り出しながら盛り上がっていた。

そんな中、一人の少年が一冊の本を手に不満そうな顔でグレアムに近づく。

「グレアムさん、この魔術書は子どもには難しすぎますよ。もう一つ前のレベルのものじゃないと理解できません」

「あ？　オマエこの前持ってきたやつは『こんなの幼児レベルですよ』って偉《えら》そうに言ってただろうがよ」

「この前の本からいきなり難易度を上げすぎなんですよ。もう少し頭を使ってください」

少年は片手で眼鏡を押さえながら、やれやれといった顔で鼻で笑う。

「っのクソガキがぁ」

「ギャァァァ！」

切れたグレアムは、少年の腕《うで》をひねりながら寝技《ねわざ》をかけた。手加減は一切《いっさい》ない。

「ギブっ！　ギブですっ！」

悲痛な声にも一切手を緩《ゆる》めない。生意気な態度にはそれ相応のお仕置きが必要なのだ。

「ごめんなさい。もう文句は言いませんからぁ！　その代わり教えてくださいよ！」

「あ？　俺は炎系《ほのおけい》は専門外なんだよ。オマエが自分で――……」

言いかけたところで、グレアムはあることを思いついた。

「そうだ、アイツが教えたらいいんだよ」

グレアムはニヤリと笑い、絞め技《しわざ》から少年を解放して、付いてくるよう促した。

二人が庭に出ると、フィオナは落ち葉に火を熾《おこ》しているところだった。

「うんそうだよ。それでね、マティアスは本当に格好よくてね――」

「おい、フィオナ」

庭に向かう道中ですでに少女たちと打ち解けたらしく、仲良くお喋《しゃべ》りしている背中にグレアムは声をかける。三人同時に振《ふ》り向《む》くと、フィオナの両サイドにいたロザリーとソニアは憐《あわ》れみの目をグレアムに向けた。実ることのない恋心《こいごころ》を抱《いだ》く男に同情する目だ。

「だから違うっつってんだろが」

察しのいいグレアムは、煩《うるさ》いほど伝わってくる二人の心の声につっこんだ。

難しい魔術書の読み方を教えてやれと、半ば命令のように押し付けられたが、フィオナは快く了承《りょうしょう》した。しっかりと火を熾し終え、恋《こい》バナはまた後でと少女たちに告げてから、少年と庭のベンチに向かった。

本に自由に書き込みをしていいとのことなので、複雑な説明文は分かりやすい言葉に書《か》き換《か》えながら、実践《じっせん》も交えて説明していく。

「この紋様《もんよう》はね、炎の大きさを表しているんだよ。ここに術式を加えていくとね……」

フィオナは指先に炎を灯《とも》し、形や大きさに変化を加えながら一つずつ丁寧《ていねい》に見せた。

眼鏡の奥の瞳を輝《かがや》かせながら、真剣《しんけん》に自分の話を聞いてくれる少年に感慨深《かんがいぶか》くなる。

まさか自分がこうやって魔術の基礎《きそ》を教える立場になるなんて。

帝国《ていこく》での辛《つら》かった日々は何一つとして無駄《むだ》じゃなかったのだと思えた。

一時間ほど経《た》つと、両肩に幼児を乗せ、両足に幼児をぶら下げたグレアムがやってきた。

「おいフィオナ。コイツの相手はもういいからこっち来い。ガキどもの相手しろ」

「うん、分かった。それじゃあっち行ってくるね。勉強頑張《がんば》って」

「はいっ！　とても有意義な時間をありがとうございました」

少年はすっと立ち上がって背筋をピンと伸《の》ばし、ほんのりと頬《ほお》を染めながらハキハキとお礼を口にした。建物の中へ入っていく後ろ姿を見つめながら、自分もいつか宮廷《きゅうてい》魔術師団に入るんだという決意を強固にした。

建物内へと戻《もど》ったフィオナは、すぐに幼児に囲まれた。

「お姉ちゃん遊ぼー」

「いいよ。何しよっか？」

「絵本読んで」

「えー、おにごっこしようよ」

しゃがんでいるフィオナを五人の幼児たちが取り合う。前から後ろから、腕にも抱きつかれて身動きが取れない。幼子に慕《した》われて嬉《うれ》しいフィオナは、もみくちゃにされながら幸せそうにへへへと笑った。

その様子を少し離《はな》れたところで見ているウォルト神父は、すぐ横であぐらをかいて休《きゅう》憩《けい》しているグレアムに話しかける。

「あの子はリルカによく似た雰囲気だと思ったが、本当によく似てるな。優しいところも一見クールそうに見えてほんわかしているところもそっくりだ」

「……ああ、ついでに鈍臭いところもお人好《ひとよ》しなところもな」

グレアムは優しい眼差《まなざ》しをフィオナに向けた。

彼女に姿を重ねているのは、七年前に病気でこの世を去った最愛の妹。

フィオナとは髪の色も顔も全く違う。見た目は何一つ似ていないけれど、それ以外は驚くほどそっくりで、目が離せなかった存在。彼にとって唯一無二《ゆいいつむに》の存在だった。

「オマエ、あの子のこと可愛くて仕方ないだろ。騎士《きし》様から奪《うば》っちまえよ」

「あいつは妹みたいなもんだ。俺のタイプはもっと色気のあるエロい姉ちゃんだっての」

「っは、そうだったな」

くつくつと笑うウォルト神父に、グレアムはいつものように悪そうな笑みを向けた。

そう、これは恋愛《れんあい》感情などではない。

大人になれなかった少女の分も幸せになってくれたなら。それを見届けられたら満たされるはずの淡《あわ》い感情。密《ひそ》かな願いがほのかに存在するだけ。

「あのね、グレアムは私にとってお兄ちゃんみたいな人なの」

フィオナは幼児とたわむれながら、再び女子二人と話す。

楽しげに空色の長い髪を揺らす後ろ姿に、グレアムはフッと笑みを零《こぼ》した。

第三章　気弱な少女と小さな傷

本日は魔術《まじゅつ》使用不可の対人訓練を行うため、第一魔術師団は騎士《きし》団の演習場へ出向いた。魔術師が魔術なしで、剣《けん》を持つ騎士相手にどれだけ持《も》ち堪《こた》えられるかという訓練だ。

木剣を持つ騎士と小型の模造ナイフを持つ魔術師が一対一で手合わせしていく。

「あーもうやだやだっ！　馬鹿力なんだから！」

対戦を終え、治癒《ちゆ》も終えたミュリエルは、眉《まゆ》を吊《つ》り上《あ》げながら、見学していたフィオナとマティアスの方へ歩いてきた。

力の強い騎士の攻撃《こうげき》は木剣といえど致命傷《ちめいしょう》になり得る。手足、肩《かた》以外への攻撃は禁止となっているので、余程《よほど》運がない限り死ぬことはないが、まともに攻撃を食らった箇所《かしょ》はほぼ確実に骨が砕《くだ》ける。治癒士にすぐに治してもらえるとはいえ、痛いものは痛い。

「あんなの避《よ》けられるわけないじゃん」

「そうだよね」

ミュリエルはフィオナの隣《となり》でブツブツと文句を言い続けていて、フィオナはうんうんと首を上下させながら聞いている。

「グレアムはすごいよね。魔術なしでもまともにやり合えるんだもん」

フィオナの視線の先には、騎士の攻撃をひらりひらりと躱《かわ》しながら、『脳筋のくせに大したことねぇな』と相手を煽《あお》っているグレアムの姿がある。

「あいつは口と素行の悪ささえなかったら完璧《かんぺき》なのよね。ムカつくけど」

「ムカつくのに無駄《むだ》に何でもできるのが腹立たしくて、つい殴《なぐ》りたくなるんだよな」

「だからってすぐに喧嘩《けんか》するのはダメだよ」

フィオナがマティアスを窘《たしな》めながら見学しているうちに、グレアムと騎士の対戦は引き分けで終わった。

フィオナの番になったので、彼女は対戦場に向かった。

マティアスの隣《となり》にいたミュリエルは、彼からすすすと距離《きょり》を取る。

すぐにマティアスの両腕《りょううで》は騎士二人によって拘束《こうそく》された。いつものことである。

（よし……！　せめて一分は耐《た》えよう）

フィオナは本日の目標を掲《かか》げ、意気込んで対戦に臨《のぞ》んだ。

もちろん善戦できることなくボロ負けで、三十秒と経《た》たずに地面にうつ伏《ぶ》せになったまま起き上がれなくなった。近くには先ほどまで手にしていた模造ナイフが転がっている。

屈強《くっきょう》な騎士の打撃《だげき》をいくつも受けたため、痛すぎてプルプルと震《ふる》えている。

彼女と対戦した騎士は、危険から身を遠ざけるために、終了《しゅうりょう》の合図と共にこの場から姿を消した。

フィオナの対戦中、仲間二人に両腕を拘束され、眉間《みけん》にシワを寄せながら見守っていたマティアスは、フィオナの手合わせが終わるとようやく解放された。

「フィオナ！ 大丈夫《だいじょうぶ》か？ どこが痛い？」

急いで駆《か》け寄《よ》ったマティアスは、フィオナの頭上から声をかける。

「うう……らい、じょぶ……」

フィオナは顔を横に向けて力なく呟《つぶや》く。腕や肩を強打され、あちこちの骨にヒビが入っていそうなので、あまり大丈夫ではないが、心配をかけまいと笑顔《えがお》を作る。

すぐに白いローブを身に着けた治癒士二人が駆け寄ってきた。

赤茶色の髪《かみ》を後ろで結《ゆ》わえた三十代の女性は、フィオナたちがいつも世話になっているベテラン治癒士である。もう一人は十代後半に見える黒髪の少女で、フィオナは任務や訓練の時はまだ見かけたことのない人物だ。

「アニエス、落ち着いて挑《いど》むのよ」

「……はい」

不安そうに眉尻《まゆじり》を下げている少女は、ベテラン治癒士の声かけに力なく返事をすると、前にスッと出てきた。肩《かた》の上で切《き》り揃《そろ》えられた髪がさらりと流れる。

「どこが痛みますか？」

少女は琥珀色《こはくいろ》の瞳《ひとみ》を自信なさげに揺《ゆ》らしながら、フィオナの側《そば》に膝《ひざ》をついて問いかけた。

「えっと、両肩から手首までと、両太ももです」

「分かりました。それでは治癒を始めます」

少女はフィオナの右肩に両手をかざして目を閉じる。

手のひらからゆっくりと出てきたのは、頼《たよ》りなげな白い癒《いや》しの光。ふっと息を吹《ふ》きかけたら消えてしまいそうな弱い光は、肩に届く前にゆらりと揺れて搔《か》き消えた。

「もう一度よ」

「……はい」

ベテラン治癒士に促《うなが》され、少女は再び治癒を試みる。そうやって数度挑戦《ちょうせん》するが上手《うま》くいかない。五度目もあえなく失敗に終わり、少女は苦しげな表情で見上げた。

「先輩《せんぱい》……できません」

頼りない光とよく似た消え入りそうな訴《うった》えに、ベテラン治癒士は苦笑いで返した。

すぐに少女と場所を交代すると、安定感のある治癒の光を両手から放った。

肩、腕、足と迅速《じんそく》で無駄のない治癒により、フィオナの怪我《けが》はすぐに完治し、不自由なく体を動かせるようになった。ずっと見守っていたマティアスもホッと息を吐《つ》く。

「ありがとうございました」

フィオナは立ち上がり、ベテラン治癒士にお礼を言った。

「いえ。擦《す》り傷《きず》はこの子が癒しますので、まずはここから離《はな》れましょうか」

四人は対戦場から待機場所へ戻《もど》った。

フィオナは白いローブをぎゅっと握《にぎ》りしめながら俯《うつむ》いている少女に声をかける。

「新人の治癒士さんかな？　食堂では以前から見かけていたと思うんだけど、こういう場で会うのは初めてだよね？」

「そうです……治癒士になったのは二ヶ月前ですが、実戦経験はまだなくて、その……」

弱々しく答える少女の声は、尻《しり》すぼみになって消えていく。

後が続かないので、隣のベテラン治癒士が代わりに説明を続けた。

「その子は桁外《けたはず》れの魔力量《まりょくりょう》を持っていて、治癒の知識も十分備わっているのだけど、本番に弱くて。怪我人を前にすると上手く発動できなくて、まだ軽傷《けいしょう》しか治せないんです」

「そう、なんです……いざ怪我人を前にすると動揺《どうよう》してしまって……魔力の流れが乱れて上手くできなくて、結局擦り傷程度しか癒せないんです……」

二人の説明を聞いたフィオナは、先ほど治癒された時の様子に納得《なっとく》した。

「そっか。それじゃ擦り傷を治してもらってもいいかな？」

「はい、もちろんです」

フィオナは少女に顔や手足の擦り傷を治してもらった。

「ありがとう。これでもうどこも痛くなくなったよ」

「いえ……私は擦り傷しか治していないので、お礼を言っていただかなくても……」

自信なさげに俯く少女に、フィオナはキョトンとなる。

「何で？　どんなに小さな傷でも、なくなるとすごく嬉《うれ》しいよ。ほら見て」

フィオナは左手の人差し指をピンと立てる。そこは第一関節から先が赤くなっていた。

「これね、今朝チェストで挟《はさ》んだんだけど、動かすとすっごく微妙《びみょう》に痛いの。ふとした瞬間《しゅんかん》に痛いなぁってなるから、こんな微妙な怪我でも、なくなったら幸せだと思うよ」

フィオナは右手を握りしめながら力説する。

「えっと……それも癒しましょうか？」

「わぁ、ありがとう」

訓練で負った怪我ではなかったが、せっかくの申し出なのでありがたく受けた。

少女は指先からほんの少しだけ白い光を出し、フィオナの指にちょんと当てた。

指先の赤みがすっと消える。

「ありがとう。えっと、アニエスだったかな？　私はフィオナっていうの。よろしくね」

ふわりと微笑《ほほえ》みながらお礼を言い、ついでに自己紹介《しょうかい》をすると、アニエスは下を向いた。

「……アニエスで合っています。こちらこそよろしくお願いします」

人見知りで恥《は》ずかしがり屋のアニエスは、小さな声で挨拶《あいさつ》を返す。

顔見知り程度だったフィオナとアニエスは、この日、ほんの少しだけ仲良くなった。

国王の執務室《しつむしつ》に呼ばれて足を運んだマティアスは、国王の目の前だというのに、眉間に深いシワを刻んでいた。隣ではルークが呆《あき》れた顔で見ている。

「どうしても行かないといけませんか？　正直面倒《めんどう》くさいんですけど」

「面倒くさいって、君はアレクシス君と仲がよかっただろう。おめでとうの一言くらい言ってやる気持ちはないのか？」

「相手は友好国の王子なんだから、いい関係を築けるよう心がけていただけですよ。愛想《あいそ》よくしろと言ったのはあなたでしょう。祝いの言葉なんて紙に書いて送れば十分なのに、なぜわざわざ数日かけて足を運——……」

眉間のシワを深くさせながら、ブツブツと不満をたらしていたマティアスだが、ふとあることに気付き、言葉を切った。彼は静かに考えを巡《めぐ》らせ始める。

（リヴィアルドからの輸入品店で売っているお菓子《かし》は、フィオナ好みのものが多いんだよな。実際見た目も味も好みなようだし……連れていってやったら喜ぶのでは……）

それだけでなく、珍《めずら》しい土産物《みやげもの》や植物などを自分の目で直接見ることができる。高台に登れば海も見られる。喜ぶこと間違《まちが》いなしではないか。そうだ。それがいい。

マティアスの頭の中で、フィオナを喜ばせるための一連の計画が完成した。

眉間のシワは消え去り、晴れ晴れとした顔を国王に向ける。

「分かりました。リヴィアルドまでお供します。その代わり――」

「彼女は連れていけないぞ。他国には強力な呪術《じゅじゅつ》が存在する可能性が高い。危険が伴《ともな》う限り、破邪《はじゃ》の護符《ごふ》を持っていない彼女は国外に出られない。神器の使い手が操《あやつ》られることほど危険なことはないからな」

国王にはマティアスの考えなどお見通しで、彼が言い切る前に言葉を被《かぶ》せた。

破邪の護符とは、今現在は王族とマティアスしか所持していない貴重な魔道具《まどうぐ》である。帝国《ていこく》の秘術でさえ跳《は》ね除《の》ける力を有する魔道具だが、それを作るには腕の立つ呪印士《じゅいんし》の魔力と特別な依代《よりしろ》が必要になる。

どんな呪《のろ》いでも跳ね除けるほど強力なものを作るには、ルークが持つ解呪の力を最大限に込《こ》めなくてはならないが、その魔力に耐えられるほどの強度を持つ依代は、この世界では竜の鱗《りゅううろこ》以外に存在せず、それを手に入れることは不可能に近い。

「神器を持たずに行くのなら許可できるが」

「そんな危険なことを許せるわけがないでしょう。彼女の鈍臭《どんくさ》さを侮《あなど》らないでください」

「君がそう言うことも想定済みだ。だから連れていけないと言っている」

「ルークも一緒《いっしょ》に行くなら大丈夫でしょう？」

「そりゃまぁ、オレが四六時中ずーっとフィオナさんの近くにへばりついているなら大丈夫っすけど」

「そんなことを許すと思うか？」

マティアスは殺気を込めてルークを一睨《ひとにら》みした。

「だから連れていけないって話になってんでしょうが！」

まだ何もしていないのに、なぜかとばっちりを食らいそうな流れになり、たまったもんじゃないとルークは声を荒《あら》らげた。

「そうか……それなら仕方ないな……」

マティアスは俯き加減で顎《あご》に手を当てながら考えだす。

諦《あきら》めたかと思われていたが、前を向いたその目には決意がこもっていた。

「それでは俺は今から鱗の採取に行ってきます。誰《だれ》にも邪魔《じゃま》はさせません。文句があるなら誰だろうと相手をしてやりますから、そのつもりでいてください」

「はぁ？　マティアスさん何アホなこと言ってんすか」

「アホとは何だ。さっと取ってさっと逃《に》げてくるだけだから問題ない」

「そんなちょっとそこまでみたいなノリで済むようなことじゃないっすから！　反撃《はんげき》したらいけない相手だって分かってますよね？」

「当たり前だろう。馬鹿にするな」

マティアスは、ルークの首をぎりりと絞《し》めると、国王の返事も待たずにさっさと執務室から出ていった。

「…………はぁ」

国王は机に肘《ひじ》をついて右手で頭を押さえる。

マティアスがああなるともう誰にも止められないので、何も言わずに黙《だま》って見送った。

他人を巻き込むようなことでなければ、もう好きにすればいいと諦めている。

「後悔《こうかい》しないように、自分が思うように好きに生きろ……か」

兄の言葉を思い出しながら目をやった窓の外は、どこまでも澄《す》んだ青空が広がっていて、国王ディークハルトは、その先に思いを馳《は》せた。

マティアスは、父のその言葉に従って自由奔放《ほんぽう》に生きている。基本的に他人に迷惑《めいわく》をかけないように、自分が責任を負える範囲内《はんいない》で好きにしているが、迷惑をかけてしまった時は詫《わ》びとして数倍の対価を払《はら》うので、余計にたちが悪い。

「さすがにあれは自由に生きすぎではないか……なぁ、君たちもそう思うだろう？」

国王は、室内に設置された机に向かって書類仕事に勤《いそ》しんでいる、側近二人にちらりと目をやった。

同意を求められた側近たちは、言葉を放つことなく、一度合った目をすっと逸《そ》らした。

（……あのアホたれ）

ルークはマティアスが出ていった扉《とびら》を呆然《ぼうぜん》と見つめながら、マティアスの引くほどの溺《でき》愛《あい》ぶりに呆れ果《は》てていた。

「フィオナさん、もしマティアスさんが戻ってこなかったら、もうあのアホたれのことは諦めて、綺麗《きれい》さっぱりと忘れるといいっすよ」

夕食時。ミュリエルと並んで食事をしているフィオナは、前の席に座った苦笑いのルークからよく分からないことを告げられた。

「忘れるって何の話？　マティアスはどこかに行ったの？」

フィオナは、今日は休みだと言っていたマティアスの姿がないことを疑問に思っていた。キョトンとしながら首を傾《かし》げられ、ルークはどう答えようかと悩《なや》む。

マティアスは、鱗採取のために単独で竜が棲《す》む谷に向かった。

竜は基本的に穏《おだ》やかな気性《きしょう》の持ち主で、空を自由に飛び回るか、棲み処《か》で大人しく過ごしている害のない生き物だ。しかし自分たちの縄張りに入ってくる生き物には容赦《ようしゃ》しない。

踏《ふ》み入《い》った者が縄張りの外に出ない限り、攻撃の手を緩《ゆる》めないという。

この世界では竜は神の遣《つか》いである神聖な生き物とされている。そのため傷付けることは許されない。万が一にも傷付けてしまったら災《わざわ》いが起きると古くから言い伝えられている。

竜の縄張り内に落ちている鱗を拾って無事に帰ってくることは生半可なことではなく、命を落とす覚悟《かくご》が必要となるのだ。

マティアスは、エルシダ王国の友好国であるリヴィアルド王国にフィオナを連れていきたいという理由だけで、命をかけて鱗を取りに行ったなんて……。

(そんなこと言えるわけないっすよ)

ルークは、はぁぁと大きく息を吐いた。

「……いや、何もないっす。マティアスさんは急遽《きゅうきょ》任務に出かけたんで」

「そうなんだ。それでなんで諦めるとか忘れるって話になるの?」

「さっきのは冗談《じょうだん》っすよ。笑ってほしかったんすけど、フィオナさんには通じなかったんでもういいっす」

「そっか」

ルークは無理やり話を切り上げた。

フィオナは、マティアスの留守を寂《さび》しがりながら食事を続けた。

（あの人なら大丈夫だとは思うんすけど……）

常人なら、竜の縄張りに足を一歩踏み入れるだけで、圧倒的《あっとうてき》な威圧感《いあつかん》に体が硬直《こうちょく》して動けなくなり、恐怖《きょうふ》で二歩目を踏み出せなくなると聞く。

マティアスならその心配はないだろうし、巨体《きょたい》から繰《く》り出される攻撃を無効化する術を持っている。大丈夫だと信じているが、相手は謎《なぞ》に包まれた生物のため、絶対大丈夫だとは言えない。

ルークは、フィオナが悲しい思いをしなくて済むようにと願うことしかできなかった。

翌日の昼下がり。フィオナが任務に出かけている間に、マティアスはホームに戻ってきた。肩から黒い袋《ふくろ》を下げ、左手首に巻かれた包帯に血を滲《にじ》ませながら、ふらふらとした足取りで廊下《ろうか》を進む。

「ひっ」

王城の一角にある治癒士の詰所《つめしょ》にて。部屋の外に出るため扉を開けたアニエスは、目の前に立つ不機嫌《ふきげん》そうな男に小さく悲鳴を上げた。

「急に来てすまないな。治癒を頼《たの》めるか？」

疲労《ひろう》と眠気《ねむけ》が限界のマティアスは、眉間にシワを寄せながら頼んだ。

「はっ、はいぃ……！　今すぐ先輩を呼びます！」

アニエスは声を裏返らせながらすぐに詰所内に戻り、先輩であるベテラン治癒士の女性を連れてきた。彼女はマティアスを室内に招き入れ、椅子《いす》に座らせる。

彼の手首の包帯を外し、傷口の状態に眉をひそめた。傷そのものは小さく、大したことはなさそうだが、傷口を取り囲むように浮《う》かぶ紫色《むらさきいろ》の染《し》みが物々しさを醸《かも》し出していた。女性にとっては実際に目にするのは初めての症状《しょうじょう》だが、文献《ぶんけん》の中ではお目にかかったことのあるものだった。

「あの……この傷ってもしかして……」

「ああ、ちょっと竜の爪《つめ》を掠《かす》ってしまってな」

「……」

しれっと言うマティアスに女性は呆れ顔になる。またいつものように、ろくでもないことをしていたのかと溜《た》め息《いき》を吐いたが、とにかく治癒が先だと、傷口に癒しの光を当てた。

傷はじわじわとゆっくり緩やかに、ほんの少しずつしか治っていかない。傷の大きさから考えると、もうとっくに完治しているはずの癒しの光を当てているのに。

それでも治っているのは確実なので、女性は光を当て続けた。

「傷口を侵食《しんしょく》していく毒素の強さが尋常《じんじょう》ではないですね……」

「竜の爪には特別な力が宿っているというが、ここまでのものとはな」

マティアスは淡々《たんたん》と話を続ける。

彼は竜の縄張りから脱出《だっしゅつ》する前に爪の攻撃を受けてしまったが、じわっと血が滲む程度のかすり傷だったので、傷薬と解毒薬《げどくやく》をかけ、包帯を巻いて処置した。

しかしどんどん悪化していき、血が止まらなくなっていた。

文献には、竜の攻撃を受けて生き延びた者の情報は載《の》っていない。命からがら縄張りの外に逃げおおせても、鋭《するど》い爪に付けられた深い傷により、すぐに息絶えている。

「恐《おそ》らく完全に治癒させる必要があるのだろう。すまないが頼めるか」

「……かしこまりました」

女性はふうと息を吐いて気持ちを整え、高度な治癒術式を組み立て始める。完成した術式に魔力を合わせると、両手から眩《まばゆ》い光が溢《あふ》れ出した。

そうやって、マティアスの腕の傷はようやく綺麗さっぱりと消え去った。

「ずいぶん魔力を消費しましたよ……」

「世話をかけた。この詫びは後でさせてもらう」

傷が癒《い》えると、マティアスは礼を言って自室に戻った。

さっとシャワーを浴び、ラフなシャツとズボンに着替《きが》えると、黒い袋を持ってルークの部屋を訪《おとず》れた。

「これで解呪の護符はいくつ作れる？」

マティアスは、袋から手のひらほどの大きさの白銀の鱗を三枚取り出して机に並べ、涼《すず》しい顔でルークに問いかける。

「……マジっすか」

ルークは有り得ない状況《じょうきょう》に目を丸くする。運よく落ちているものを一枚見つけるか、諦めて泣く泣く帰ってくるかと思っていたのに。

まさか三枚も手に入れてくるとは思わず、驚《おどろ》きながら口を開いた。

「鱗一枚で八つは作れると思いますよ」

「そうか。それなら三つ作ってくれるか。残りの鱗はお前にやるから好きに使うといい」

「いやいやいや、何言ってんすか！　これ一枚でどれだけの価値があると……命をかけて取ってきたんじゃないんすか？」

あまりに雑な扱《あつか》いにルークはさすがに焦《あせ》った。竜の鱗は一枚で一生働かずに暮らせるほどの価値があり、余ったからといって、手間賃代わりにポンと渡《わた》すような代物《しろもの》ではない。

「そうだな。運悪く子どもが巣立つ前だったようで、あいつら家族総出で一斉《いっせい》に襲《おそ》ってきやがった。攻撃し返さずに逃げてくるのはさすがに大変だったな」

「一番やばい時期じゃないっすか……よく生きて帰れましたね。そんな大変な目にあって手に入れたものなんて貰《もら》えないっすよ」

「要《い》らないなら誰かにあげるなり、どこかに寄付するなり好きにしろ。……ああ、さっき世話になった治癒士に後から詫びを持っていくつもりでいたが、多すぎると言うならそこから渡しておいてもらえるか。俺は疲《つか》れたから寝《ね》る」

マティアスは言いたいことだけ言って、扉に向かって歩き出した。

「あー……はいはい。了解《りょうかい》っす。マティアスさん、フィオナさんのために好き勝手するのは構いませんが、命は大事にしてくださいね。まだ死にたくないでしょ」

後ろから投げかけられたルークの言葉に、マティアスは足を止めた。

「そうだな……さすがに今回は焦った。どうせいつかは死ぬにしても、死ぬ前にフィオナの顔が見たいと思った。……あぁ、どうせなら死に場所は彼女の膝の上がいいな」

マティアスは眠《ねむ》さでまともに回らない頭でそんなことを考えて呟くと、ふらふらしながら出ていった。

ルークは、マティアスのアホな発言に軽く引いた後、目の前に置かれた白銀の鱗を見つめながら頭を悩ませる。

「本当、毎度のことながら迷惑料の桁《けた》がおかしいんすよね、あの人」

逆に迷惑なんだけど……と呆れながら、考えるのが面倒になったので、残りの鱗の扱いは後で考えることにする。使わない分は箱に仕舞《しま》って、強めの呪印を施《ほどこ》した。

貴重すぎる貴重品を預かる身にもなってほしいものだ。

ルークは鱗を一枚袋に入れて持ち、加工職人の下へ向かった。

第四章　リヴィアルドへ

空は見渡《みわた》す限りどんよりとした雲に覆《おお》われていて、地上には冷たい風が吹《ふ》きすさぶ。ホームから一歩外に出て吸い込んだ空気は冷たく、黒いロングコートを着たフィオナはぶるりと震《ふる》えながら自身の両腕《りょううで》をさすった。

「うう、寒い……」

いい天気とは言い難《がた》いけれど、フィオナは朝からうきうきしている。彼女にとって今日は初めての旅。国外任務という名の旅だ。

数日前からこの日が来るのを待ちわびていた。

前方を歩く仲間に気付かれないよう、こっそりと隣《となり》の大きな手を握《にぎ》ると、すぐに温かな視線を向けられた。

「人前でこういうことをするのは苦手ではなかったのか？」

黒い騎士服《きしふく》姿のマティアスは、少し意地悪に尋《たず》ねながら、満更《まんざら》でもなさそうに微笑《ほほえ》む。

「……誰《だれ》も見てないから今だけ……ダメ？」

「ぐっ……ダメなわけがないだろう」

「よかった」

頬《ほお》を赤らめながら上目遣《うわめづか》いでじっと見つめられ、マティアスはたじろいだ。

「渡《わた》したネックレスはちゃんと二つとも着けてきているか？」

「うん。着けてるよ」

フィオナは胸元《むなもと》に手を当てながらコクリと頷《うなず》いた。服の下には、破邪《はじゃ》の護符《ごふ》と呼ばれる魔道具《まどうぐ》を着けている。また呪印《じゅいん》によって操《あやつ》られないようにするためのものだと説明を受けて渡されたネックレスは、できる限り肌身離《はだみはな》さず着けると約束した。

これから数日間は、入浴時も就寝《しゅうしん》時もずっと着けるつもりでいる。

「それならよかった。俺も同じものを着けているからお揃《そろ》いだな」

「……うん。えへへ」

お揃いという言葉にフィオナははにかんだ。

マティアスは蒼《あお》い神器の使い手となった時に、父が持っていた破邪の護符を譲《ゆず》り受《う》けていた。新しいものなど必要なかったが、どうせならフィオナが持つものと同じ鱗《うろこ》から作られたものも身に着けたいと思い、余分に作らせたのだ。

お揃いだと喜ぶ顔が見られて満足である。

この材料を調達するために、マティアスが竜《りゅう》の棲み処に赴《おもむ》いたことや、このネックレスはとんでもない価値がある代物《しろもの》だなんてことは、フィオナはもちろん知らされていない。

目の前に数台の馬車が見えてきたところで、フィオナは名残惜《なごりお》しげに手を離した。

目的地に向かうために乗る馬車は、マティアスとは別のもので、フィオナが乗る馬車の前には、見習い治癒士《ちゆし》であるアニエスがいた。

「おはよう。よろしくねアニエス」

「おはようございます。よろしくお願いします」

アニエスは、雑用仕事をこなしてこいと仲間たちに言われて、半ば強引《ごういん》にベテラン治癒士たちの補佐を任された。

実際は、他国を楽しんで気分転換《てんかん》になればいいという治癒士仲間からの思いやりである。

二人で話していると、白いコートを着た小柄《こがら》な赤髪《あかがみ》の女性が、レイラに付《つ》き添《そ》われてやってきた。

「おはよう。二人とも今日からしばらくよろしくね」

女性は柔《やわ》らかそうな長い赤髪をふわりとさせて、真ん丸の青い目を穏《おだ》やかに細めた。

人形のように整った目鼻立ち。小さな口から発せられる声は甘く愛らしい。

この女性は、エルシダ王国第一王女、オリアーヌ。今からエルシダ王国の友好国であるリヴィアルド王国へ向かうメンバーの一員である。

リヴィアルド王国では新王として、王太子であったアレクシスが即位《そくい》したばかり。

即位を記念したパーティーに、エルシダ王国の王族たちが来賓《らいひん》として招待されたため、今から向かうところだ。

招待されているのは、国王、オリアーヌ、マティアス、ルークの四人。

王族が揃って国を離れるわけにはいかないので、妊娠《にんしん》中の王妃《おうひ》と第一王子、第二王子は国に残り、王子たちはいい機会だからと、国王代理としてこの国を治める役割を担《にな》った。

「王女殿下《でんか》。よろしくお願いいたします」

「王女殿下とご一緒《いっしょ》させていただけるなんて光栄です」

フィオナとアニエスが畏《かしこ》まって挨拶《あいさつ》し、胸に手を当てて頭を下げると、オリアーヌは口元に笑《え》みを浮《う》かべた。

「ふふ、名前で呼んでくれて構わないわ。馬車の中では気楽にしていてね。ずっとそんなのじゃ息が詰《つ》まるでしょう。ねぇレイラ」

「そうですね。二人とも、最低限の礼儀《れいぎ》さえ弁《わきま》えていたら大丈夫《だいじょうぶ》よ。オリアーヌ様は、年の近い子たちと楽しく馬車の旅がしたいそうなの」

「そうよ。いろいろお話を聞かせてね」

オリアーヌはにっこり笑って、レイラに手を取られながら馬車に乗り込んだ。

フィオナとアニエスも、顔を見合わせてコクリと頷き合ってから後に続く。

王族専用の馬車の中は広く、向かい合った座席の真ん中にガラステーブルが設置されていた。テーブルの内部では、半透明《はんとうめい》の守護石が白く淡《あわ》く輝《かがや》いている。

守護石はその名の通り、守りの力を有する石だ。魔鉱山《まこうざん》で採取されるものだが、両手で抱《かか》えるほどの大きさ以上のものしか存在しない。守りの力が働くため小さく加工することができず、持ち歩くことはできないため、こうやって乗り物や住居に取り付けて使われる。

馬車の座席部分は背もたれまでしっかりとしたクッションに覆われていて、快適な旅ができそうだ。

レイラとオリアーヌは隣同士に座り、対面にフィオナとアニエスが座った。

馬車が移動を始めると、オリアーヌはさっそく聞きたかったことを切り出す。

「ねぇ、あなたはマティアスの恋人《こいびと》だそうね。あの無愛想な男のどこがいいわけ？　いくら顔がよくても、あんな感じが悪い男とずっと一緒にいたら疲《つか》れるでしょう」

フィオナはオリアーヌとは顔を合わせたことが数度あったが、挨拶程度の会話しかしたことがなかった。いきなり辛辣《しんらつ》な問いを投げかけられたが、フィオナは少しも動じることなく、のんびりゆったり穏やかに答える。

「マティアスはいつも優《やさ》しくて、私のことを気遣《きづか》ってくれる素敵《すてき》な人です」

「え……？　あなた誰の話をしているの？　あの無愛想が服を着て歩いてるような金髪《きんぱつ》の男の話をしているのよ」

訝《いぶか》しげな顔で首を傾《かし》げるオリアーヌに、フィオナはどう説明しようかと悩《なや》む。

「オリアーヌ様、フィオナが言っているのはマティアスのことで間違《まちが》いありません。あの男はこの子の前でだけは優しいんです。それはもう気持ちが悪いほどに」

「……嘘《うそ》でしょ。あの嘘くさい外面の笑顔《えがお》じゃなくて？」

「はい。あれではなく、それはそれは優しい慈愛《じあい》に満ちた笑顔です」

「何それ……気持ち悪いわ」

レイラからの説明に、オリアーヌは顔を引きつらせながら、ぞわりと粟立《あわだ》つ腕《うで》をさする。

オリアーヌの言葉から、マティアスは王女の前でもルークやレイラに対するような態度なのだと分かった。

「オリアーヌ様はマティアスと仲がいいんですね」

「まさか。生まれてからずっと腐《くさ》れ縁《えん》なだけで、仲がいいなんてものじゃないわ」

「昔からお知り合いなんですね。羨《うらや》ましいです……」

「そうかしら」

「はい。ルークやミュリエルもそうですけど、マティアスと昔から知り合いの人が多くて羨ましいです。まさか王女殿下とも昔なじみだとは思いませんでしたが」

フィオナはしみじみとする。彼女はマティアスの正式な身分を知らされていないため、彼とオリアーヌの関係性を知らない。だけど昔なじみというだけで羨ましくてたまらない。

フィオナの場合、幼少期に仲がよかった友達とは、神器に選ばれてから会えていないので、昔なじみという存在がいない。

寂《さび》しそうに微笑むフィオナの姿に、オリアーヌは隣のレイラに小さく耳打ちする。

「……あの男は今後もこの子に教えるつもりはないのかしら」

「そうですね。畏まられたくないそうですが、いい加減言ってもいい気がしますよね」

オリアーヌとレイラが二人だけでコソコソと話をしだしたので、フィオナは隣でずっと縮こまっているアニエスに声をかける。

「ねぇ、アニエスはリヴィアルドに行ったことあるの？」

「へ？　あの……私はこの国から出たことはないので……」

急に話しかけられたアニエスは、小さく肩《かた》を跳《は》ね上《あ》げ、消え入りそうな声で答えた。

「そうなんだ。私も行ったことがないから楽しみなの。どんなところなんだろ。甘いものがいっぱいあるといいなぁ……アニエスは甘いもの好き？」

「えっと、そうですね。人並みには好きです……」

アニエスは質問に答えるだけで精一杯《せいいっぱい》で、少しずつ俯《うつむ》いていった。

人付き合いが得意でないのに、王女を含《ふく》む、普段《ふだん》あまり関わることのない三人に囲まれている状況《じょうきょう》に、緊張《きんちょう》でどうにかなりそうだった。

フィオナたちが乗る馬車の数十メートル先を走る別の馬車の中では、マティアスが不機《ふき》嫌《げん》さ全開で眉間《みけん》にシワを寄せていた。

「くっそ……なぜフィオナと同じ馬車じゃないんだ。オリアーヌの奴《やつ》め」

「まぁまぁ。異性とずっと同じ馬車なんてさすがに疲れるっすよ」

「……チッ」

ルークの言葉に舌打ちし、窓の外を見ているマティアスの前の座席には、国王と四十代の魔術師《まじゅつし》の男性一名が呆《あき》れ顔《がお》で座っていた。

二人は不機嫌さを隠《かく》そうともしないマティアスの姿に、自然とある人物の面影《おもかげ》を重ねた。

マティアスと同じ金色の髪と藍色《あいいろ》の瞳を持つ、彼の父の姿を。

「君は本当に、体の弱さと陽気さ以外はことごとく父親にそっくりだな」

「本当、余計なところばかり似なくてもいいのに……」

「お互《たが》い苦労したな」

「ライナルト様には振《ふ》り回《まわ》された記憶《きおく》しかありません」

二人はしみじみしながら、マティアスの父の思い出話という名の愚痴《ぐち》を零《こぼ》し始めた。

マティアスの父、ライナルトは国王の兄である。

月に一度は熱を出して寝込《ねこ》むほど体が弱かったが、元気な時はどこまでも自由に行動し、周囲の人間を振り回しながら好き勝手に生きていた。

自分は長く生きられないからという理由で、十三歳の時に王位継承権《けいしょうけん》を放棄《ほうき》して、弟に次期国王という重圧を背負わせた。

その後は以前にも増して奔放《ほんぽう》になり、楽しそうだからと怪《あや》しげな事業に手を出しては、数々の成功を収め、公爵《こうしゃく》家に婿入《むこい》りしてからは、領地の活性化のために様々なものを取り入れて、地域産業を発展させていった。

ありとあらゆることを楽しんだ彼は、人生を謳歌《おうか》してこの世を去った。

そんな彼が死ぬ直前まで、口癖《くちぐせ》のように言っていた言葉がある。

『人間いつ死ぬか分からないんだ。明日死んでも後悔《こうかい》しないように、自分が思うように好きに生きたらいい』

マティアスは父のその言葉に従って生きている。

彼の生家である公爵家は、母の再婚《さいこん》相手が継《つ》いでおり、後継にはその息子《むすこ》が控《ひか》えている。

そのため、マティアスは本当に思うがまま自由に、好き勝手に生きている。

「君はいつになったら彼女に自分の身分を明かすんだ？」

「フィオナが畏まってしまうでしょう。弟が家督《かとく》を継ぐ時に捨てる予定の身分なんて、言う必要はありませんよ」

「君なぁ……」

どこまでもふてぶてしい態度のマティアスに、国王は呆れ果《は》てるが、いつものことなのでもう何も言わない。

マティアスが国王に次ぐ権力を持っているということは、フィオナはすでに知っている。彼が元々持つ身分に加えて、神器の使い手であるからだと彼女には伝えているが、実際は神器の使い手でなくとも王族に次ぐ身分を持っている。気高い血がその身に流れており、その気になれば王位を継ぐことも可能な立場であった。

マティアスは王位継承権を子どもの頃《ころ》に放棄している。ずっと煩《わずら》わしかったため、神器に選ばれた時にこれ幸いとばかりに、適当な理由をつけて放棄したのだ。

騎士となってからは全くと言っていいほど必要性を感じない身分は、フィオナを守るためにようやく役に立った。生まれ持った身分の高さのありがたみを初めて感じ、使えるだけ好き勝手に使ったが、フィオナはもうこの国の魔術師として自立して立派に働いている。

権力なんてものは再び必要なくなり、煩わしいだけのものに戻《もど》ったのだ。

途中《とちゅう》で宿に泊《と》まり、休憩《きゅうけい》も何度か挟んで、三日かけてリヴィアルド王国に到着《とうちゃく》した。

馬車から降りると、マティアスはすぐにフィオナの下へと向かった。

「疲れてないか？」

「大丈夫だよ。すっごく楽しかった」

「そうか。それならよかった」

マティアスは満足げに目尻《めじり》を下げた。自分は口うるさくてむさ苦しい男どもに囲まれてうんざりとしていたが、フィオナが楽しかったならよしとする。

マティアスのゆるゆるに緩《ゆる》んだ笑顔に、近くにいたオリアーヌは顔を引きつらせる。

「ダメね……慣れる気がしないわ。本当に気持ち悪い」

「心中お察しします」

「オレはもうさすがに慣れたっす」

オリアーヌがレイラに話しかけると、後ろにいたルークも会話に交ざり、頭の後ろで手を組んでけらけらと笑った。

王城に向かって歩いていると、灰色の騎士服を着た数人と、見るからに高貴そうな出《い》で立《た》ちの、赤みがかった金髪の男性が前方から歩いてきた。

「あの人がこの国の新たな王になったアレクシスさんっすよ」

「王様……まだ若そうなのにすごいね」

まだ二十代前半に見える男性が、リヴィアルド王国の新王となったアレクシスだと聞き、フィオナはすごいなぁと感心しながら眺《なが》めていた。

国王に目配せされたマティアスは、後ろを向いて長い溜《た》め息《いき》を吐《つ》く。

今この瞬間《しゅんかん》からしばらくの間《ま》、立ち振る舞いに気を遣《つか》って過ごさなくてはいけないことが億劫《おっくう》でたまらない。

「フィオナさん、今から面白《おもしろ》いものが見られるっすよ」

「面白いもの？」

ルークはニカッと笑うと挨拶をしに行くと言い、国王とオリアーヌ、マティアスと共にアレクシスの方へ近づいていった。

「ディークハルト陛下、オリアーヌ殿下、マティアスさん、ルークさん。遠路遥々《はるばる》お越《こ》しくださり感謝いたします」

アレクシスは国王としては低姿勢で、だけど威厳《いげん》に満ちた佇《たたず》まいで挨拶をした。

「立派になられましたなアレクシス殿《どの》。此度《こたび》は華々《はなばな》しい催《もよお》しに招待いただき感謝する」

「お久しぶりでございます、アレクシス陛下。御即位《ごそくい》おめでとうございます」

国王とオリアーヌはにこやかに挨拶をした。

「マティアスさん。お久しぶりです」

アレクシスは、親しみを込《こ》めてマティアスに話しかける。

幼少期から顔なじみで、学生時代に一年間、エルシダ王国に留学していたアレクシスにとって、一つ年上のマティアスは憧《あこが》れと理想そのものであった。

「アレクシス陛下の御即位に心よりお祝い申し上げます。幼少期より存じ上げていた方がご立派になられたお姿を拝することができ、光栄に存じます」

マティアスが今まで聞いたことのない丁寧《ていねい》な口調で話している。流暢《りゅうちょう》に話すその顔にはどこまでも爽《さわ》やかな笑みが浮かんでいて、紳士的《しんしてき》な佇まいが輝きを放っている。

「マティアス……王子様みたい」

　あまりのキラキラぶりに、フィオナは感動を覚えた。

「まぁ、そう見えなくはないわね……さすがにいつもの無愛想さでは問題があるから、他国の王族の前では分厚い皮を被《かぶ》っているのよ」

　国王たちに言われて渋々《しぶしぶ》始め、アレクシスが留学していた一年間も、マティアスは仕方なく猫《ねこ》を被り続けていた。そのため、マティアスの本性《ほんしょう》をアレクシスは知らないと言う。

　苦笑いするレイラに、フィオナは納得《なっとく》せざるを得ない。

　彼女の中で、マティアスは優しくて素敵な人だという認識《にんしき》だ。しかし仲間といる時は愛《あい》想《そ》がなく高圧的な態度をとることが多く、相手が自国の王であってもそれは変わらない。

　それなのに、今目の前にいるマティアスは、どこまでも礼儀正しく爽やかで、キラキラとしている。普段見ることのできない彼の姿に、フィオナの目は釘付《くぎづ》けになった。

「格好いいですね」

「そうかしら……」

　瞳を輝かせるフィオナに、レイラはどこまでも低い声で返した。普段の態度との差がありすぎるので、彼女は胡散臭《うさんくさ》さしか感じたことがない。

　軽く挨拶を終えると、エルシダ王国一行はそれぞれが世話になる部屋に案内されることになった。王城横の建物に移動し、男性陣《じん》は二階、女性陣は三階と分かれた。

フィオナはアニエスと同室で過ごすことになる。

「よろしくね、アニエス」

「こちらこそ、よろしくお願いします」

畏まって頭を下げてくるアニエスに、フィオナはふわりと笑いかける。

馬車の中と宿で関わりを持っていくうちに、アニエスの緊張は少しずつ解けていって、今では話しかけるとすっと返事がくるようになった。だけど言葉遣《ことばづか》いは硬《かた》いままだ。

「一つしか歳《とし》が違《ちが》わないのだから、気軽に話してくれると嬉《うれ》しいな」

「そうですね。言葉遣いは癖《くせ》なので直せないですが、できるだけ気軽にします」

フィオナののんびりさと穏やかな物腰《ものごし》に、安心感を抱《いだ》くようになっていたアニエスは、笑顔で返事をした。

手荷物を置いた後、フィオナは着ていたコートを脱《ぬ》いでクローゼットに仕舞《しま》った。

コートの下からお目見えしたのは、白とダークブラウンを基調とした侍女服《じじょふく》だ。

膝下丈《ひざしたたけ》のスカート、襟《えり》、胸元のリボンと、フィオナは鏡の前でしっかり整えていく。

「おかしなところない？」

「大丈夫です。どこからどう見ても有能な侍女にしか見えません」

「えへへ、ありがとう。それじゃ、私はオリアーヌ様の部屋に行ってくるね」

「はい、行ってらっしゃいませ」

フィオナはアニエスに手を振って部屋から出て、隣のオリアーヌの部屋へと向かった。

この国に滞在《たいざい》中、フィオナはオリアーヌの侍女として仕事をすることになっている。

マティアスからリヴィアルド王国に遊びに行くぞと言われたフィオナは、他の人は仕事があるのに自分だけ遊んでいるのは嫌《いや》だと言い、何でもいいので仕事が欲《ほ》しいと申し出た。

マティアスとルークは特に仕事はないから同じだと言われたが、彼らは客人として招待されている立場なので、おまけで付いていく自分とは違う。

フィオナが神器を所持していることは、秘匿《ひとく》というほどではないが公《おおやけ》にされていない。

魔術師として同行させるかどうか、マティアスは悩んだ。

国王に相談に行ったところ、執務室《しつむしつ》に居合わせたオリアーヌが『わたくしの侍女としてそばにいたらいいじゃない』と言い出した。

何だそれはと眉間にシワを寄せたマティアスだったが、『侍女というのは表向きよ。要は彼女が納得できる最低限の仕事を与《あた》えたらいいのでしょう?』という言葉に、なるほど、それはいいかもしれないと前向きに検討を始めた。

形だけでも仕事があればフィオナは納得するはず。マティアスはオリアーヌの提案を採用することにし、フィオナもそれを快く受け入れたのだった。

「本日より数日間、侍女として精一杯務めて参ります。よろしくお願いいたします」

「ふふ、よろしくねフィオナ」

フィオナは凛《りん》とした佇まいで挨拶をした。道中ですっかり仲良くなったオリアーヌから、『向こうで侍女としてわたくしのそばに控える時は、できるだけ堂々としているのよ』と言われているので、仕事のできる侍女を演じようと意気込んでいる。

実際、フィオナは見た目だけならそれっぽく見えるため、リヴィアルド王国の人間に、侍女もどきだとバレることはまずなさそうだ。

ここでの侍女としての振る舞いや仕事内容は事前に教えられ、最低限のレクチャーを受けている。オリアーヌが心地よく過ごせるように、彼女の体調や身だしなみに気を配りながらそばに控え、都度与えられる雑務をこなしていくことがフィオナの役目だ。

主な仕事はオリアーヌの話し相手だと言われているので、帝国《ていこく》で皇子相手にしていたようなことをすればいいのだろうと思っている。

高貴な人の話を延々と聞き続けることには慣れているので、安心して臨《のぞ》める。

フィオナに基本的な仕事を教えたのは、ベテラン侍女であるルネだ。

黒髪《くろかみ》をひっつめにし、丸眼鏡をキラリと光らせながら、今もオリアーヌの傍《かたわ》らにいる。

本来の侍女の仕事は、彼女を含む三名の侍女が受け持つ。

フィオナはこの国では、風の魔術のみを使える侍女として振る舞うことになった。

バレないようにこっそりと魔術を使うことは許されていて、いつでも不測の事態に対応できるよう、金の腕輪《うでわ》を服の下に装着している。

「さぁ、初仕事を言い渡すわよ」

「はい。何なりとお申し付けくださいませ」

フィオナは侍女として臨む初めての仕事に胸を躍《おど》らせた。

帝国では自由がなく、魔術師としての仕事しか与えてもらえなかったため、世間一般《いっぱん》の人間に比べて知らないことが圧倒的《あっとうてき》に多い。彼女はいろいろな経験ができることが心から嬉しくて、不安よりも楽しみな気持ちを膨《ふく》らませている。

指示待ちの子犬のように、瞳をキラキラさせているフィオナに、オリアーヌは青い目を穏やかに細めた。

「ふふ。今日のわたくしの予定は、この国の王族との会食だけなの。だからもう下がっていいわ。今日は部屋でゆっくり休んで、旅の疲れをとることがあなたの仕事よ」

「……え？」

想定外の申し付けに、フィオナはキョトンとなる。

初仕事に出向いて数分足らずで、本日のお勤めが終了《しゅうりょう》してしまった。

さすがに手持《ても》ち無沙汰《ぶさた》すぎて困惑《こんわく》してしまう。

「……あの、せめて雑用仕事をいただけないでしょうか？」

「こら。主《あるじ》の申し付けは絶対なのよ。休みなさいと言われたら休むこと。分かった？」

オリアーヌから、人差し指をピンと立て、唇《くちびる》を軽く尖《とが》らせながら忠告されてしまった。

そうだ。主の命令なのだからきちんと聞かなくてはいけないのだった。

フィオナは大人しく部屋に戻った。

することがなく、どうしようかなぁと考えていたら、治癒士の先輩《せんぱい》の部屋に行くと言っていたアニエスが戻ってきた。

「あれ？　フィオナさん、お仕事はどうしました？」

「あのね、今日はゆっくり休むことが仕事って言われたの」

「フィオナさんもでしたか。私もなんです」

アニエスも治癒士の先輩から、今日は雑用はないから部屋でしっかり休んでいなさいと言われたようで、二人で椅子《いす》に座りながら話し合う。

「どうしよう。何かして遊ぶ？」

「でも休めと言われたのに、遊んでいてもいいのでしょうか？」

「そうだね……」

真面目すぎる二人は、どうやって過ごそうかと、真剣《しんけん》な顔で悩みだした。

「ベッドでごろごろするとかどうかな？　休んでるって感じするよね」

「そうですね。それはもう全力で休んでいる感じがします」

到着初日からそんなことをするのは罪悪感があるが、命令なので仕方ないと割り切る。

意見が合ったところで、二人はベッドにごろんと転《ころ》がった。

三人は余裕《よゆう》で寝《ね》られそうなほど広いふかふかなベッドなので、すごく気持ちがいい。

「あー……これいいね。ダメになっちゃいそう」

「本当ですね。やっぱり今から働けと言われても、動くのが嫌になっちゃいます」

「このまま寝ちゃう？　お話しする？」

「そうですね。まだ眠《ねむ》くはないので、お話ししましょうか」

フィオナとアニエスは、ごろんと寝転がったまま顔を見合わせて、ふふふと笑った。


翌日の雲一つない青空の下、オリアーヌは王城横の温室でお茶を楽しんでいた。

ガラステーブルの上には、フィオナが淹《い》れたお茶と、この国の焼き菓子《がし》が並んでいる。

護衛騎士二人は、温室の外側で待機しており、この場にはオリアーヌとフィオナの二人しかいない。

室内は魔石《ませき》により温度管理がなされているので、この時期に咲《さ》かないような花や緑に溢《あふ》れ、大きな一本の木が心地《ここち》よい木陰《こかげ》を作り出していた。

「いつ来てもここは素敵な場所ね。本当はアンネリーゼ様とここでお話しできることを楽しみにしていたのだけれど、残念だわ」

オリアーヌがこの国を訪問する時は、いつもこの国の王女であるアンネリーゼが、この場所で茶会を開いてくれた。

王女としての振る舞いは完璧《かんぺき》だが、趣味《しゅみ》が呪具《じゅぐ》集めと動物と触《ふ》れ合《あ》うことであるアンネリーゼの話はユーモアに溢れていて、いつも素敵なひとときを楽しんでいた。

昨日、久しぶりに会った彼女は、美しい笑みを浮かべていたもののどこか他人行儀《たにんぎょうぎ》で、以前のような親しみを感じられず。オリアーヌとは素っ気なく挨拶を交《か》わしただけだった。

「ねぇフィオナ、一緒にお茶しましょ」

しんみりとなったオリアーヌは、せっかくの素敵な場所を楽しみたいからと、フィオナを前に座らせた。もちろん最初からそのつもりだったが。

「……かしこまりました」

フィオナはほんの少し悩んだが、申し付けに従って座った。

「今からしばらく堅苦《かたくる》しい侍女モードは禁止よ！」

「はい。分かりました」

侍女って何だろうと疑問に思いながらも、それが自分に与えられた務めなので、フィオナは言われた通りにする。

今日こそは侍女としてしっかりと働こうと意気込んで、フィオナは朝からオリアーヌに仕えている。

身支度《みじたく》や朝食の段取りなどは他の侍女が担当するため、ちょっとした雑用をこなしているが、オリアーヌから何だかんだと命令されることは、どれも楽しめるようなことばかり。高貴な人の相手をしているのに少しも苦ではなく、楽しいなんて変な気分だ。おかしくなってフィオナはふふと笑った。

「――そうしたらね、『辛《つら》いのなら王女なんて辞《や》めればいいだろう』なんて言うのよ。本当に腹が立つ男だわ」

最初は和《なご》やかに会話をしていた二人だが、途中《とちゅう》からオリアーヌは日々の愚痴を零《こぼ》しだした。王女としての務めの大変さを語り、途中から怒《いか》りの矛先《ほこさき》をマティアスに向けた。

「言い方ってものがあるでしょう！　ねぇ、酷《ひど》いでしょう――……」

興奮しながらフィオナに同意を求めかけたオリアーヌだが、はっと我に返る。

「……ごめんなさい。恋人の悪口なんて聞きたくないわよね」

「いえ、マティアスのことが知れるなら、どんな話でも楽しいです」

「そう……だけど愚痴なんて、聞いていて楽しいものではないでしょう……」

オリアーヌは申し訳なさそうに目を伏《ふ》せて、心を落ち着けようとお茶を一口飲む。

「私に話すことで少しでも気分転換になるのでしたら、いくらでも話してください」

フィオナはしみじみと言う。負の感情は胸《むね》の奥に仕舞っておかず、吐き出してスッキリさせた方がいいに決まっている。気持ちに蓋《ふた》をすることは、とても辛いことだ。

「ふふ、ありがとう。でもせっかくの素敵な場所なのだから、楽しい話をしましょう」

オリアーヌはそう言って、また和やかに話をしだした。

流行《はや》りや他国の文化の話、政治の話まで幅広《はばひろ》い。彼女はいつも様々な知識を取り入れているため、多くのことに精通している。フィオナにとって、どれもが未知で新鮮《しんせん》なことなので、興味深く耳を傾《かたむ》けた。

だけどオリアーヌは途中から、日々の悩みや憂《うれ》いをぽろぽろと零しだしてしまう。

「――それでね、すごく簡単にやってのけるものだから、わたくしも同じようにしてみたのだけれど、上手《うま》くいかないのよ。何が違うのでしょうね……」

双子《ふたご》の兄である第一王子は、自分とは違い何でもそつなくこなしてしまう。家庭教師や講師からは、彼と比べられているといつも感じていた。

弟である四つ年下の第二王子も、自分より遥《はる》かに優秀《ゆうしゅう》だ。

マティアスのことも、昔はミュリエルと一緒になって慕《した》っていたが、いつからか尊敬よりも嫉妬《しっと》の方が大きくなっていた。どこまでも自由で好き勝手しているのに、何でもそつなくこなす姿が羨ましくて妬《ねた》ましくて、つい悪態をついてしまう。

「王女なのに、こんなに卑屈《ひくつ》になっていてはダメよね。せっかく大勢の人から憧れを抱いてもらっているのだから、好感度の高い人間でいないといけないのに……あなたもがっかりしたでしょう」

恵《めぐ》まれた容姿と身分を持つオリアーヌは、周りからはいつも羨望《せんぼう》の眼差《まなざ》しを向けられている。それだけで十分なはずで、ないものねだりをするべきではない。

こんな情けない感情は表に出してはいけないと、頭では理解している。

「がっかりなんてしません。オリアーヌ様の話からは前向きな気持ちが伝わってくるので、私も頑張《がんば》ろうという気持ちになります。それに声を荒《あら》らげていても可愛《かわい》いので、少しも嫌な気持ちになりません」

フィオナは穏やかな顔で、のんびりゆったりと思っていることをそのまま告げた。

オリアーヌは努力が報《むく》われない苛立《いらだ》ちや妬みを零すが、それでも諦《あきら》めずに努力し、少しでも前に進もうしている。

誰もが憧れる王女という立場の人間でさえ、自分と同じような悩みを抱えていると知り、尊敬する気持ちと好感を抱く。

そして、どれだけ声を荒らげていても、顔を歪《ゆが》めていても、ずっと可愛い。

すごいなぁ、不思議だなぁとしみじみする。

「……可愛い？　こんなに愚痴を零しているのに？」

思いがけない言葉に、オリアーヌはポカンとなる。

「はい。ですので、誰の悪口だろうとつい共感しそうになってしまいました。愚痴を零し

ている時も何かを命じる時も、変わらずずっと可愛くてキュンとなります」

「そう……」

散々愚痴を聞かされているのに、嫌な顔一つせず穏やかに笑い、気の抜《ぬ》けた返事をするフィオナに、オリアーヌは複雑な気持ちになる。

（王女の愚痴なんて、適当に相槌《あいづち》を打ちながら聞き流せばいいだけなのに……）

真剣に耳を傾けられ、羨望の眼差しを向けられ、可愛いと褒《ほ》められるなんて、王女として立派に務めようと振る舞っている時と変わらない。

何とも複雑だ。だけどそれも悪くないと思えてきて、肩の力が抜けていくのを感じる。

「ふふ。何をしたら可愛く思えなくなるのか試《ため》してみたくなるわね。うんとわがままでも言ってみせましょうかしら」

「そうしたらきっと、何でも言うことを聞いてしまいそうですね」

「そう。それは楽しそうね」

それは理想とする王女とはかけ離れているけれど、それも悪くないと思える。

オリアーヌは、いたずらっ子のように無邪気《むじゃき》に笑った。

その日の夜。王城の大ホールにて。

リヴィアルド王国の新王、アレクシスの即位記念パーティーが催された。

オリアーヌはふわふわの赤髪をハーフアップにし、華《はな》やかな水色のドレスに身を包んでいる。

（ほわぁぁ……！）

あまりの可愛さに、フィオナは感動した。

オリアーヌには護衛として騎士とレイラが付き、フィオナとルネは後方に控えている。

マティアスはといえば、来賓としてパーティーに参加しているため、仕方なく社交をこなしていた。

パーティーの開始前にフィオナに近づいたところ、オリアーヌから、『わたくしの侍女に馴《な》れ馴れしくしないでいただけるかしら』と釘《くぎ》を刺《さ》され、フィオナもオリアーヌの侍女に徹《てっ》しているため、凛とした佇まいでペコリと頭を下げてきた。

（くっそ、オリアーヌの奴め。俺への嫌がらせか？）

まさか気軽に接触《せっしょく》できないなんて。マティアスは顔に爽やかな笑みを貼《は》り付けながら、視線の先を心の中で睨《にら》み、ぎりりと歯を鳴らす。

せっかくの侍女服姿のフィオナを愛《め》でられない、ここにあるご馳走《ちそう》を食べさせてあげられないと絶望していると、パーティーの参加者である貴族たちが寄ってきた。

仕方なく、マティアスはにこやかに社交をこなしていく。

彼はいつもの黒い騎士服ではなく、黒を基調とした上品なスーツ姿で、どこからどう見ても爽やかな好青年だ。

「これはこれはマティアス様、お久しぶりです。ご立派になられましたな」

「お久しぶりですゲイル公爵。ご活躍《かつやく》を聞《き》き及《およ》んでおり、心から敬服いたしております」

「いやはや、お褒めいただき光栄ですな。実はこの前も――」

気をよくした男性から自慢話《じまんばなし》を聞かされることになり、マティアスは無心で聞いた。

「……ところで、あなたには親密な間柄《あいだがら》のお相手がいるとの噂《うわさ》を耳にしたのですが、どうやらお相手は貴族ではないようで……実はうちの娘《むすめ》は今年十八歳になりましてね……」

男性が後ろで頬を染めている女性にちらりと目をやると、女性はすすすと前に出てきた。

「……お初にお目にかかります。フローラと申します」

しれっと娘を紹介《しょうかい》されるのはいつものことなので、マティアスは笑みを崩《くず》さず、冷静に対処する。しかし内心ではモヤモヤが込み上げてくる。

(相手がいると知っても、この流れになるのか……)

口では『お会いできて光栄です』と言って穏やかに相手をするが、心の中ではふざけるな、勘弁《かんべん》してくれとうんざりしている。

「やはりある程度の家柄でなければ、今後困ることが次々と出てくるでしょう。一時の感情や容姿などに惑《まど》わされてはいけませぬぞ。その点うちの娘でしたら……」

マティアスは、遠回しにフィオナを貶《けな》してくる男に殺意を覚えるが、必死に抑《おさ》え込む。

「ははは、素敵なお嬢《じょう》さんですね」

（くっそ、このハゲめ。残り少ない髪も全部削《そ》ぎ落としてやろうか）

今は剣《けん》を所持していないし、持っていたとしてもさすがに我慢《がまん》するが、行き場のない怒りを発散するべく、脳内で目の前の男の頭を更地《さらち》にしていった。

当《あ》たり障《さわ》りのない受け答えに努め、娘自慢と世間話を無心で聞き終えたあとは、男性からお決まりのような言葉を投げかけられる。

「どうです、これもご縁ですし、今後もうちの娘と仲を深められてはいかがかと……」

「申し訳ありませんが、私は騎士として国に身を捧《ささ》げるつもりなので、身を固めることは考えておりません。噂になっている女性とも、よき友人として交流しているに過ぎず、お互い恋愛《れんあい》感情はありません」

嘘とはいえ、フィオナとの関係を否定する言葉を吐かなくてはいけないことに苛立ち、マティアスは手のひらに爪《つめ》が食い込むほど右手を握りしめた。

隙《すき》を見せないマティアスに、男性とその娘は諦めて、すごすごと去っていった。

（はぁ……フィオナの地位を早々に確立させるべきか……）

エルシダ王国では、神器の使い手となり国に貢献《こうけん》した者には、特別な地位が与えられる。

しかしフィオナは元々敵国の人間であったため、今はまだ信用を築いている段階だ。

できるだけ複数の高位貴族に恩を売るようなことや、手っ取り早く彼女に殊勲《しゅくん》を立てさせるものは何かないかと計略を立てる。

（……いや。そんなものがあっても煩わしいだけか）

せっかく自由になれたのに、隷属《れいぞく》を思わせるような地位など与えられても窮屈《きゅうくつ》なだけだ。自分の都合に彼女を巻き込んではいけない。言い寄ってくる者は、先ほどのようにその場で適当にあしらえばいいだけなのだからと考えを改めた。

ウェイターからグラスを受け取り、水を一口飲んで気持ちを落ち着かせる。

そんなマティアスの下へ、真っ赤なドレスに身を包み、赤みがかった金色の長い髪を靡《なび》かせた妖艶《ようえん》な女性が近づいてきた。

「マティアス様、ご一緒してもよろしくて？」

リヴィアルド王国第一王女アンネリーゼは、艶々《つやつや》の唇をぷるんとさせながら甘い声を放ち、マティアスに微笑みかける。

「……ええ、もちろん喜んで。アンネリーゼ殿下」

「やだぁ、そんな堅苦しい呼び方はよして。アンネって呼んでくれて構いませんのよ」

マティアスは、腕に絡《から》みつくアンネリーゼに殺気を向けかけたが、寸前で思い留まった。

「お気持ちだけありがたく頂戴《ちょうだい》します。周りに誤解を与えぬよう、触れ合いはご遠慮《えんりょ》願えますでしょうか」

笑顔でやんわりと告げて一歩後ろへ下がり、アンネリーゼの腕を引《ひ》き剝《は》がした。

（なぜだ？　なぜこんなに馴れ馴れしい？）

マティアスは、昨日からこんな様子のアンネリーゼに困惑している。

彼女とは幼少期より何度も顔を合わせる機会があったが、もっと品があり慎《つつ》ましい女性だった。マティアスは彼女から向けられる好意に気付いていたが、数年前に婚約《こんやく》を申し込まれた時に、きっぱりと断っている。

振られたアンネリーゼは、泣きも怒《おこ》りもせず、『これからはよき友人として接してくださいませ』と淑女然《しゅくじょぜん》とした柔らかな物腰で言った。

その後は、公の場で会っても二人は挨拶を交わすだけに留まり、アンネリーゼからマティアスへ、好意を仄《ほの》めかす手紙が送られてくることもなくなった。

なぜ今頃《いまごろ》こんな態度で接してくるのか。疑問に思いながらも無下にはできず、マティアスはアンネリーゼの相手を無難にこなすよう心がけ、にこやかに対応する。

フィオナは少し離れたところでその様子を眺めていた。

スタイル抜群《ばつぐん》で、肩や胸元が大胆《だいたん》に露出《ろしゅつ》したドレスを着こなす美女が、マティアスと楽しそうに話している。その表情からは、彼に好意があるのだと容易に窺《うかが》えた。

マティアスの笑顔は、取《と》り繕《つくろ》っているものか、本心からのものなのかは分からない。

だけど美男美女が並ぶと壮観《そうかん》で、お互いが引き立て合っていて、すごくお似合いに見える。

（いいなぁ……）

フィオナは、騎士としてのマティアスと、休日のラフな格好のマティアスしか知らない。

ここに来てからというもの、彼は王族に引けを取らないような優雅《ゆうが》な振る舞いで、品のある格好よさを醸《かも》し出していて、見惚《みと》れると共に距離《きょり》を感じていた。彼の身分の高さを改めて思い知り、自分とは生まれも育ちも違うのだと嫌でも実感してしまう。

フィオナはちょっぴり寂しくなりながら、顔に出さないようにオリアーヌの侍女に徹した。一通りの社交を終えて、壁際《かべぎわ》で休憩中のオリアーヌのため、取り皿に彼女が希望する料理を載《の》せて運んだ。

「ねぇフィオナ、あなたは何が食べたい？」

「私は侍女としておそばにおりますので、この場での飲食はご遠慮させていただきます」

フィオナはきりりとした顔で、真面目な返答をした。

このパーティーは王族主催《しゅさい》だが、さほど畏まったものではない。

リヴィアルド王国も、エルシダ王国ほどではないが比較的《ひかくてき》自由な国柄《くにがら》のため、主人の許しがあれば、護衛や侍女も軽く飲食していても咎《とが》められることはないようだ。

(この子は甘いものが好きよね……)

オリアーヌは、道中の宿でひたすらマティアスからいちゃつきを見せつけられていた。

彼に甘味《かんみ》を与えられて幸せそうに食べるフィオナの姿を思い出し、対抗《たいこう》意識が芽生える。

(ふふ……そうだわ)

取り皿の料理を小さな口に上品に運びながら、オリアーヌはマティアスに対するとっておきの嫌がらせを思いついた。

「フィオナ、次は甘いものが食べたいわ。たくさん取ってきてちょうだい」

「かしこまりました」

フィオナは言われた通り、見苦しくない程度に取り皿に載せられるだけ、ケーキやムースなどを取ってきた。皿を受け取ったオリアーヌは、わざとらしく眉尻《まゆじり》を下げる。

「どうしましょう。せっかく取ってきてもらったのに、待っている間にお腹《なか》が膨れてしまったわ。あなたが代わりに食べてくれるかしら？」

「え……いえ、しかし……」

「主としての命令よ。ほら、あーん」

オリアーヌは返事を待たず、フォークで小さなケーキを刺し、フィオナの前に差し出してきた。その顔はとびきりの笑顔で、フィオナはどうしようかとしばし考える。

ここでは主から与えられれば、侍女が飲み物や料理を口にしてもいいと聞いているが、本当にいいのだろうか。せいぜい水を飲む程度のつもりでいたのに。

しかし今自分はオリアーヌの侍女。主の言うことには従わないといけない。

そして目の前に差し出されたケーキは、生チョコレートとスポンジと生クリームが層になっているもの。どう考えても美味《おい》しいに決まっている。

オリアーヌの少し意地悪そうな笑顔も、可愛すぎて胸が高鳴る。

フィオナは観念して小さく口を開いた。すぐに口の中にケーキを放り込まれると、あまりの美味しさに頰を紅潮させ、幸せそうにへにゃりと笑った。

(……何この感じ。くせになりそうだわ)

何とも言い知れぬ感情になり、オリアーヌは興奮しながら、フィオナの口に次々とケーキを放り込んでいった。

(美味しい……幸せ)

フィオナはこの瞬間だけ、侍女という立場であることを忘れて、オリアーヌから与えられる甘味を幸せそうな顔で味わっていた。

その頃、アンネリーゼの相手に疲弊《ひへい》しきっていたマティアスは、ルークと大事な話があるからと断りを入れて、彼女のそばを離れていた。

ようやく解放されたことに安堵《あんど》し、癒《いや》しを求めてフィオナに目を向けたが、そこには何とも羨ましい光景が広がっているではないか。

「なっ……」

何だあれは。なぜオリアーヌが手ずからフィオナに食べさせている。

マティアスは唖然《あぜん》とし、そしてふつふつと黒い感情が湧《わ》き上がってくる。

「オリアーヌめ……何をしているんだ……当てつけか？　俺への当てつけなのか……？」

怒りの感情を顔には出さず、隣のルークにだけ聞こえるような声でブツブツと呟《つぶや》く。

視界の端《はし》には、微笑ましい二人の様子に目を向ける貴族の子息の姿が映る。

「見ろよあれ。俺も食べさせてほしい」

「オリアーヌ様にあーんしてもらえるなんて贅沢《ぜいたく》すぎないか。俺も一生の思い出にあーんしてもらいたい」

「確かに羨ましいけど、幸せそうに食べてて可愛いな、あの子」

子息たちの小声はマティアスの耳にしっかり届き、不快感が更《さら》に増していく。

（……目を潰《つぶ》してやろうか）

そんなマティアスの感情が手に取るように分かるルークは、いつものようにはぁと溜め息を一つ吐いた。彼もマティアスと同じく、この場ではきちんと正装しており、香油《こうゆ》で艶々に仕上げられた髪をしっかりめに束ねている。

「確実に当てつけとして始めたのでしょうけど、楽しくて止まらなくなった感じっすね」

「くっそ。せっかくのパーティーなのに、フィオナを愛でられないなんて……アンネリーゼ殿下はやたらと距離が近いし、どうなっているんだ」

「あの人、ずいぶん雰囲気《ふんいき》が変わりましたよね。久しぶりに呪《のろ》いトークに花を咲かせたかったのに、マティアスさんにアピールすることしか頭にない感じで怖《こわ》かったっす」

アンネリーゼがマティアスに向けるギラついた目を思い出し、ルークは身を縮めた。

ルークとアンネリーゼは、呪印を操る力を持つ者同士、昔から仲がよかった。

呪具を集めるという共通の趣味があるため、顔を合わせれば呪いトークで盛り上がっていたのに、人が変わったようにそっけなくされてしまったのだ。

「あの変わりようは異常だろう。本人が呪われているんじゃないのか？」

「オレもそう思ってこっそりと見てみたんすけど、呪いの気配はどこにも見当たらなかったんですよね」

「そうか……それは残念だな」

「そっすね」

むしろ呪いであってほしかった。マティアスは顔には出さなかったが心からがっかりした。


リヴィアルドに来て四日経《た》ったが、今日もフィオナは朝からオリアーヌの話し相手を務め、午後はもう自由に過ごしていいと言われてしまった。

（仕事した感じがしないなぁ……）

オリアーヌと話すことは楽しいが、少しの雑務とお茶の準備をした後はずっと休憩していたようなものなので、疲労感《ひろうかん》は一切《いっさい》なく、達成感がない。

自分以外の人間は何だかんだと予定や仕事があるようで、マティアスとも朝食後に少し話せただけ。彼は午前中はアレクシスと会い、午後はアンネリーゼに誘《さそ》われてと、この国に来てからずっと何かと忙《いそが》しそうだ。やはりどうしても身分の差を感じてしまう。

フィオナは寂しい気持ちを紛《まぎ》らわすため、気分転換しようと庭園に向かった。この国特有の植物が見られる王城周辺の庭園は、自由に散策してもいいと許可をもらっている。

よく手入れされた庭園の珍《めずら》しい植物を見ながら散歩しているうちに、フィオナは上機嫌《じょうきげん》になっていった。

白い花が咲く垣根《かきね》の間を歩いていると、いつの間にか迷路《めいろ》に迷《まよ》い込んだようになっていた。すでにどこにいるのか分からないが、最終的には風の魔術で飛び上がって庭園から抜け出せば問題ない。分かれ道に差しかかる度《たび》に、わくわくしながら歩き進めていった。

（……この声って猫だよね？）

ふと遠くの方から聞こえてきたのは猫の声。それも一匹《ぴき》や二匹ではなさそうだ。

期待しながら、聞こえてくる方へ歩みを進めた。

そして辿《たど》り着《つ》いたその場所で、眼前に広がる光景に言葉を失った。

フィオナはポカンと口を開けて立ち尽《つ》くす。

そこには猫の山があった。十数匹の猫が群がって、こんもりと山になっている。

（ほわぁぁ……）

こんな光景を目にするのは初めてのことで、感動してプルプルと震えた。

夢のような光景に釘付けになっていると、猫の山の中から少年が出てきた。

見たところ十歳前後で、銀色の髪と褐色《かっしょく》の肌《はだ》から、異国出身なのだと窺える。

少年は猫にひたすら顔を舐《な》め回され、頬ずりされ、頭に乗られてともみくちゃにされていて、フィオナは羨ましくてたまらない。

ひたすらじーっと眺めていたら、少年はようやくフィオナの存在に気付いた。

「……お姉さん誰ですか？」

猫を抱きながら気まずそうに目を細める少年に、フィオナはどうしたものかと悩む。

オリアーヌからは、この国の人間と交流しても構わないが、下心を持つ人間かどうか見《み》極《きわ》めて、慎重《しんちょう》に行動するように言われている。侍女に取り入って王女に近づこうとする人間は少なからずいるため、用心しないといけない。

すでに朝から若い男性数人に声をかけられているが、仕事中だからと、毅然《きぜん》とした態度で断りを入れて躱《かわ》している。

（……相手が子どもだったら大丈夫だよね）

フィオナは少年にゆっくりと近づき、目の前で屈《かが》んだ。

「こんにちは。私はフィオナっていうの。君は猫と仲がいいんだね」

にっこり笑ってのんびりゆったりと少年に話しかける。

何だかクールそうな侍女が来たと少し身構えていた少年だったが、柔らかな口調で笑顔で話しかけてくるフィオナに肩の力を抜いた。

「こんにちは。僕はロランといいます。この子たちは皆《みんな》、僕の友達なんです」

「わぁ、そうなんだ。いいなぁ……」

なんて羨ましい。フィオナは瞳を輝かせながら、羨望の眼差しを少年に向けた。

「……お姉さんも触《さわ》りますか？」

「いいの？　邪魔《じゃま》じゃないかな」

「はい、大丈夫ですよ」

フィオナはお言葉に甘えて、猫たちと触れ合わせてもらうことにした。ロランの膝《ひざ》で丸くなっている猫にそっと手を伸《の》ばすと、頭に触れる寸前で猫の耳がピクリと動く。

――シャッ。邪魔をするなといわんばかりの睨みを向ける猫の爪攻撃《つめこうげき》により、フィオナの手《て》の甲《こう》に爪痕《つめあと》が走った。

「痛っ」

「あぁっ」

大丈夫だと言った矢先にフィオナが怪我《けが》をしてしまい、ロランは狼狽《うろた》える。

フィオナはピリッとした痛みに一瞬《いっしゅん》だけ目を細めたが、特に動じることなく前に出していた手をすっと戻す。何ごともなかったかのように、ロランの膝の上で丸くなっている猫に、ふわりと微笑みかけた。

「この子、ロラン君のことが大好きなんだね」

「お姉さん、ごめんなさい。大丈夫ですか？」

「大丈夫だよ。急に手を出した私が悪いんだから、気にしないで」

「そうですか……」

ロランは気まずそうに俯いているが、フィオナは全く気にしていない。

猫に触れるのは諦めて、眺めて楽しむことにした。こんなにたくさんの猫が集まっている光景を目にするのは初めてなので、見ているだけでも幸せだ。

「可愛いね」

ロランの上で、もぞもぞと動く猫たちの可愛さを堪能《たんのう》する。だけどやっぱり羨ましくて、少しくらい触れたくなってきた。フィオナはうずうずしながら我慢する。

その様子を見たロランは、膝の上の猫に話しかけた。

「少しでもいいから、お姉さんに触《さわ》らせてあげて」

「……にゃ」

膝の上の猫は不服そうな声で一鳴きした後、フィオナにずいっと頭を差し出した。

「え？　触っていいの？」

フィオナは恐《おそ》る恐る手を出し、優しくそっと撫《な》でた。

艶《つや》っとしたなんとも言えない手触りに感動して、左手で顎《あご》の下もそっと撫でる。

そして再び襲《おそ》ってくるのは小さな爪。フィオナは頬と鼻の頭を引っ掻《か》かれた。

「あぁっ」

ロランは再び狼狽えたが、フィオナはおかしくなって、クスクスと笑った。

「この子すごいね。ロラン君の言うことをちゃんと聞いてるんだもん」

彼は触らせてあげてと言ったが、攻撃してはいけないとは言っていない。

嫌々《いやいや》触らせた後にきっちり攻撃してきた猫に、おかしくて笑いが止まらない。

「ごめんなさい……引っ掻かないでって言えばよかった……」

ロランは力なくそう言って、猫に向かって『もう引っ掻いちゃダメだよ』と窘《たしな》める。

猫は不服そうに小さく『にゃ』と鳴いた。

「ロラン君すごいね。猫と話せるんだ」

「えっと……そうですね。何となくですけど」

「何となくでもすごいよ。羨ましいな」

しみじみと羨んでいると、ロランは周りの猫たちにいろいろなことをお願いしだした。

そうしてフィオナの周りにも猫が集まってきて、夢のようなひとときが始まった。

フィオナがロランと一緒に猫たちと戯《たわむ》れている頃、マティアスはアンネリーゼに誘われた茶会に参加するため、王城のサロンに渋々足を運んでいた。

部屋の中には彼女の侍女二名がおり、露出が多い派手な紫色《むらさきいろ》のドレスを身に纏《まと》ったアンネリーゼは、マティアスに艶っぽい視線を向けてくる。彼女は二人きりになりたいと、侍女に退室を命じたが、さすがにそれは困るとマティアスが引き止めた。

今日もアンネリーゼは、お勧《すす》めの観劇の話や趣味の話などを楽しそうに語ってくる。

好意を伝えてきたら、彼は以前のようにきっぱりと断るつもりでいるのに、頻繁《ひんぱん》に誘ってきては、ひたすら自分の趣味嗜好《しこう》をアピールしてくるだけなので、対応に困る。

心を無にして、差し障りのない無難な態度で接することしかできない。

（さすがに今日で終わりにしてもらわないとな……）

この国の王族とは、アレクシスの即位記念パーティーで関わる程度のつもりでいた。

その後は、国王となったアレクシスはエルシダ王国の王であるディークハルトを交えて会談を行ったりと忙しいはずで、以前婚約を断ったアンネリーゼは、自分を誘うことなどないと思っていた。パーティーが終われば晴れて自由の身になり、翌日の午後から、さっそくフィオナを町に連れ出して、甘やかすつもりでいたのに。

予定が狂《くる》ってしまい、マティアスは苛立っていた。

アンネリーゼは、目の前でにこやかに自分の話に耳を傾けているマティアスに、あからさまに熱のこもった瞳を向けていた。

彼はどこまでも紳士的で振る舞いも美しく、女性を立てようとさりげない気遣いをしてくれる。見た目から何から、全てがアンネリーゼの理想そのものなのだ。

婚約を断られて潔《いさぎよ》く身を引くつもりでいたが、やはり諦めきれない。彼がこの国に滞在している間に、どうにか自分の魅力《みりょく》に気付かせて、虜《とりこ》にしようと目論《もくろ》んでいる。

「マティアス様、明日は一緒に町へお出かけしませんか？　ここ数ヶ月で新しい店がいくつも増えましたのよ。ぜひご案内させてください」

アンネリーゼは胸を強調するように前に身を乗り出し、甘い声で提案を持ちかけた。

「すみません。明日から帰国当日まで、自国の者たちと過ごす予定でおりますので、殿下とご一緒することはできません」

気分を害するだろうが、さすがにもう遠慮願いたい。マティアスはきっぱりと告げた。

「……そう。残念だわ。食事の後に一緒に庭園を散歩するくらいならできますよね？」

「二人きりは遠慮させてください。周りに誤解を与えかねませんので」

これでもうそっとしておいてくれるだろうか。マティアスは顔に残念そうな笑みを無理やり貼り付けながら願った。

「フィオナさん、その顔はどうしたんですか？」

猫たちとの触れ合いを心ゆくまで楽しんだフィオナは、ほくほくしながら部屋に戻った。そんな彼女の顔を見て、アニエスは目を丸くする。

「ちょっと遊びすぎちゃって。ねぇアニエス、顔の傷だけでいいから癒してもらえないかな？　さすがにこの顔でオリアーヌ様に仕えるわけにはいかなくて……」

フィオナは申し訳なさそうにお願いする。

『顔の傷だけ』という言葉から他にも怪我をしているのだと分かり、フィオナの全身を見渡したアニエスは、手の甲と足に小さな傷を見つけた。

「顔だけと言わず、私が癒せそうな傷は全部癒しますから、見せてください」

アニエスはフィオナを椅子に座らせて、まずは鼻の引っ掻き傷に手をかざす。

手のひらから放たれるのは弱々しい淡い光だが、小さな怪我程度なら問題なく癒せた。

「アニエスの光は優しいね」

「……弱いだけですよ。先輩たちのような安定した輝きは出せないんです」

練習なら強い光をそつなく出せるのに、怪我人《けがにん》を前にするとどうしてもうまくいかない。

焦《あせ》れば焦るほど魔力《まりょく》の流れは不安定になり、すぐに消えてしまう。

弱々しい光で軽傷《けいしょう》を癒すのが精一杯で、いつまで経っても成長できない不甲斐《ふがい》なさに落ち込みながら、フィオナの頬や手の甲の傷に光を当てた。

「役立たずもいいとこですよね」

「何で？　今役に立ってるよ」

「この程度の傷しか治せないなんて、役立たずですよ」

アニエスの言葉にフィオナは首を傾げる。

「小さな傷でも、こうやってすぐに癒してもらえてすごく助かるよ。ありがとう」

「いえ……」

「そうだ。これ見て」

フィオナは自身のふくらはぎを指差した。

そこにあるのは小さな傷に見えるが、よく見ると二つの穴が空いていた。ロランに『引っ掻いちゃダメ』と言われ、その後引っ掻くことはしなかった猫に噛《か》み付かれたのである。

「初めて猫に噛まれたんだけど、すっごく痛くてびっくりしちゃった。尖った歯がグサッて深く刺さるんだよ」

「うわぁ……すぐに癒しますね」

「ありがとう」

へへへと笑うフィオナの前にアニエスは屈み、弱々しい癒しの光を放つ。

しばらくそうして傷に光を当てていたが、傷が深くて完全に穴が塞《ふさ》がらない。

アニエスはダメ元で、癒しの効果が高い術式を組み立て始める。

そうして光を放ったが、傷口に届く前に掻き消えてしまった。

「……ごめんなさい。完全には治せませんでした」

アニエスは気まずそうに目を逸《そ》らす。

彼女が治癒魔術に失敗するところを目にしたのは二度目だが、フィオナはなぜか感心していた。

「治癒士はすごいよね。どれだけ失敗しても誰も傷付かないんだもん。それなのに成功したら人を助けられるんだから、本当にすごいよ」

呪術《じゅじゅつ》や魔術だと、暴発して周りの人間を巻き込み、大惨事《だいさんじ》になることがある。それと比べ、治癒士はリスクなく失敗し放題だとフィオナはしみじみと言う。

思いがけない言葉に、アニエスは逸らしていた目をフィオナに向けた。

「傷を治してくれてありがとう、アニエス」

ふわりと微笑むフィオナと目が合い、アニエスは照れくさくなって、今度は俯いた。

「……どういたしまして」

お礼を言われ慣れていないアニエスの心が、温かなものでまたほんの少し満たされた。

第五章　恋心はやがて憎しみへ

――ゴンッ。

大きなベッドを広々と独占《どくせん》し、気持ちよく眠《ねむ》っていたフィオナは、ごろんと寝返《ねがえ》りを打った後に頭に走った衝撃《しょうげき》により目を覚ました。

「うぅ……痛い……」

ベッド横の床《ゆか》で後頭部を押さえながら悶《もだ》えるフィオナに、一足早く目覚めて着替《きが》えかけていたアニエスが駆《か》け寄《よ》る。

「すごい音しましたよ。大丈夫《だいじょうぶ》ですか？」

「うぅ……大丈夫……」

心配をかけまいと笑いかけるが、その目には涙《なみだ》が浮《う》かんでいる。

アニエスはすかさずフィオナの頭に手をかざして、癒《いや》しの光を当てた。

「これで少しはマシだと思いますが……他はどこも痛くありませんか？」

「うん、他は大丈夫だよ。ありがとう、アニエス」

「どういたしまして」

アニエスはホッとして目元を和《やわ》らげ、そしてベッドからフィオナが落ちたことがおかしくてクスクスと笑った。

フィオナは今日、侍女《じじょ》の仕事は丸一日休みだ。アニエスと一緒《いっしょ》に部屋で朝食をとり、着替えて出かける準備を終えて座って待っていると、部屋にノックの音が響《ひび》いた。

「フィオナ、もう行けそうか？」

マティアスが迎《むか》えに来たので、フィオナはすっと立ち上がる。

「それじゃ行ってくるね」

「はい。行ってらっしゃい」

フィオナは扉《とびら》の方へ歩きながらアニエスに手を振《ふ》って、扉を開けた。

「おはよう、マティアス」

私服姿のマティアスに何だか嬉《うれ》しくなる。後ろではルークがひらひらと手を振っている。

「フィオナさん、はよっす」

「おはようルーク」

「忘れ物はないか？」

「うん、大丈夫だよ。ハンカチもちゃんと持ってるよ」

「よし、それじゃ行くか」

王城の敷地《しきち》外に出て数分歩き、城下町へやってきた。

「そんじゃ、オレは呪《のろ》いを求めてブラブラしてくるっすね」

そう言って、ルークは単独で呪具巡《じゅぐめぐ》りにさっさと出かけていった。

彼はある程度の攻撃《こうげき》なら一度だけ跳《は》ね返《かえ》せる魔道具《まどうぐ》を装着しているため、万一トラブルに巻き込まれたとしても、最初の攻撃は防ぐことができる。その後は呪印の力で相手の動きを封《ふう》じたり、無力化させたりすることができるので、一人でうろついていても安心だ。

マティアスはアンネリーゼの目の届く範囲《はんい》ではフィオナと仲良くしにくいため、二人きりで出かけたと思われないように、ルークと一緒に城を出てきた。余計なトラブルにフィオナを巻き込んでしまう可能性は、できるだけ排除《はいじょ》するに越《こ》したことはない。

「さて、どこから見て回ろうか」

どうせいつもの返事がくるだろうと思いながら、少し意地悪そうな顔で尋《たず》ねる。しかしフィオナはいつものように辺りを見回すことなく、マティアスの袖《そで》をぎゅっと握《にぎ》った。

「えっとね……マティアスと一緒にいられたらどこでもいいよ」

恥《は》ずかしそうに言うフィオナの頬《ほお》はほんのりと赤く染まっている。

「ぐっ……そうか。それでは適当に歩くか」

「うん」

大通りには店が立ち並ぶが、一先《ひとま》ずどこにも寄らずに二人で並んで歩いた。

「──それでね、ロラン君がダメって言ったら、ちゃんと言うことを聞くんだよ」

「それはすごいな」

フィオナは庭園で出会った、少年と猫《ねこ》のことを興奮気味に話す。

マティアスはフィオナと一緒に庭園を散歩する予定でいたが、アンネリーゼとの微妙《びみょう》な関係により叶《かな》わなくなってしまった。

フィオナに敵意が向く可能性はないに越したことはないので、残念に思いながら我慢《がまん》していたが、何だかんだでフィオナは楽しく過ごしているようなのでよしとする。

相手が男だということは複雑だが、さすがに十歳の子どもに焼きもちを焼くほど余裕《よゆう》のない男ではない。フィオナが少年そっちのけで猫に夢中なのは、分かりきったことだ。

「さて、喉《のど》が渇《かわ》いただろう。飲み物を買ってこよう」

マティアスが道の脇《わき》に停《と》まっている移動販売車《はんばいしゃ》を指差し、二人でそちらに向かった。

「君は何が飲みたい？」

「えっと、どうしようかな……どんな味か気になるから、これにしようかな」

フィオナはメニュー表に描《か》かれている、見たことのないオレンジ色の細長い果物の絵を指差し、それを搾《しぼ》ったジュースを選んだ。

フィオナが鞄《かばん》からがま口財布《さいふ》を取り出してパカリと開くと、マティアスはフッと笑った。

「その金はここでは使えないぞ」

「……え？」

一瞬《いっしゅん》何を言われているのか理解できなかったフィオナだが、マティアスが財布から取り出した紙幣《しへい》を見たことにより理解した。彼が手に持つものは、自分が財布から取り出そうとしていたものとは明らかに違《ちが》う色とデザイン。

「この国のお金……」

フィオナは国によって使える通貨が違うということを思い出した。

何てことだ。自分はこの国のお金を持っていないから買い物ができない。

フィオナは呆然《ぼうぜん》と立《た》ち尽《つ》くす。

「ないものは仕方ないからな。ここでは俺が全て支払《しはら》おう」

マティアスはフィオナの分も支払いを済ませて、店員から二人分の飲み物を受け取った。

「ありがとうマティアス。向こうに帰ったらちゃんと返すね」

「却下《きゃっか》だ」

いつものように一瞬で却下されてしまい、フィオナは『えー……』と眉尻《まゆじり》を下げる。

だけど彼から手渡《てわた》された飲み物を一口飲むと、すぐに顔を綻《ほころ》ばせた。

「マティアス、これすごく美味《おい》しい」

「そうか、よかったな。どんな味だ？」

「飲んだことないの？　それじゃマティアスも――……」

飲んでみてと差し出しかけたフィオナは、すぐに手をスッと戻《もど》した。

「どうした？　くれるんじゃないのか？」

「えっと……」

フィオナは、自分が口をつけたものを彼に飲ませていいのだろうかと考える。

マティアスはフィオナが何に悩《なや》んでいるのかすぐに気付き、彼女に顔を近づけた。

「すでに直接触《ふ》れているのだから、気にしなくていいんだぞ」

耳元でそっと囁《ささや》かれたフィオナの顔はポッと赤く染まった。『くくく……』と意地悪そうな声が聞こえるが、恥ずかしくてマティアスの顔が見られない。

フィオナは顔を背《そむ》けながら、飲み物をスッと差し出した。

「……美味しいからマティアスも飲んでみて」

「あぁ、貰《もら》おう」

マティアスはカップを受け取って口を付ける。ジュースをごくりと飲み込む姿を視界の端《はし》に入れながら、フィオナは胸をきゅっと押さえた。

「さて、そろそろ店を見て回ろうか」

「うん。マティアスが行きたいところに付いていくよ」

「そうか、分かった。ではあちらに行こう」

もちろん、マティアスはフィオナが好みそうな店にしか行くつもりはなく、彼女の好みはすでにだいたい把握《はあく》済みなので、問題なく連れていける。

「ほわぁぁ……」

さっそくチョコレート専門店にやってくると、フィオナは感動して瞳《ひとみ》を輝《かがや》かせた。

店内は甘い香りが漂《ただよ》い、ショーケースには一粒《つぶ》ずつ上品に置かれたチョコレートが並ぶ。

(高そう……)

どこにも値札が置かれていないが、これは普段《ふだん》自分が口にしているものとは比べ物にならない価値がありそうだ。だってどれもこれも高級感があるから。

食べ物というより芸術品のようで、チョコレートの博物館に来たような気分になる。

興味深そうに見ているフィオナを横目に、マティアスは店員を呼んで何か耳打ちした。

店の裏手に行った店員は、すぐにトレーに載《の》せた数種類のチョコレートを運んできた。

「こちらは試食品になります。ご自由にお召《め》し上《あ》がりください」

「……え？　食べていいんですか？」

「はい、もちろんです」

思いがけない事態に困惑《こんわく》し、フィオナは不安そうにマティアスを見た。

「好きに食べていいんだぞ」

「でも、お金が……」

「試食というのはお金がいらないものだ。タダなんだから遠慮《えんりょ》しなくていいんだぞ」

「タダ……」

これがタダ？　まさかそんなと疑いの目でじっと見る。

白と茶色のマーブル模様が綺麗《きれい》なものや金箔《きんぱく》が載ったもの。ピンクのハート型のもの。どれもこれも艶《つや》やかにコーティングされていて綺麗で、これがタダなんて信じられない。

微動《びどう》だにしないフィオナに痺《しび》れを切らしたマティアスは、一つ摘《つま》むと彼女の口に押し当てた。

「ほら、口開けろ」

「……」

フィオナは上目遣いでマティアスをじっと見たが、悪びれない笑顔《えがお》で返されてしまった。口に押し当てられてはもう食べる他ないと、観念して小さく口を開けた。

そしてあまりの美味しさに、とろけるような表情を浮かべる。

「好きなだけ食べていい。遠慮するなら全て俺が口に運ぼうか」

「じっ、自分で食べるからいいよ」

「そうか」

フィオナは、満面の笑みを浮かべた目の前の店員から注がれる視線が恥ずかしかった。

堪《こら》えられそうにないので直《ただ》ちに従い、一粒摘《つぶつま》んで口に放り込んだ。

「……えへへ、美味しい」

「そうか」

幸せそうに頬を緩《ゆる》めるフィオナは、その一粒の値段で、二人分の昼食代を軽く賄《まかな》えるなんてことは知らない。


マティアスの手荷物がどんどんと増えていく。

今までの経験上、それらは全て自分にプレゼントされるものである可能性が高い。

「ねぇマティアス、それ私のじゃないよね？」

「君のものに決まっているだろう」

当たり前だと言わんばかりにしれっと返事をされ、フィオナはもう何も言えなくなる。

必要ないと言ったら、好きに処分すればいいと言われてしまうのは分かりきったこと。

そして彼が買っている姿を隣でずっと見ていたから、袋《ふくろ》の中の品は、自分が気になっていたものばかりだということを知っている。

（私も何かプレゼントしたいのに……）

せっかく他国に来たのだから、ここでしか手に入らないようなものをプレゼントしたい。

だけど自分はこの国のお金を持っていない。

そして持っていたとしても、彼が今必要としているものが何か分からない。マティアスはあまり物を持たない主義だと以前言っていたので、要《い》らないものを贈《おく》っても迷惑《めいわく》になるだけだろう。

何が欲《ほ》しいかと聞いてしまったら、もうプレゼントさせてもらえなくなってしまう。

フィオナはうーんと考え、やはり食事をご馳走《ちそう》するのが一番だと考えた。

昼食はすでに済ませているので、夕食をご馳走したい。

マティアスが好きな食べ物は知っているので、手を引いて強引《ごういん》に連れていけばいいのだ。

だけどそのためには、どうにかしてこの国のお金を手に入れないといけない。

(ルークなら、借りたお金は後からちゃんと受け取ってくれるよね)

彼ならむしろ多めに返しても『悪いっすね～』と軽く言いながら喜んで受け取ってくれるはずだ。

ルークとは数時間後に合流予定で、それから三人で町で夕食をとることになっている。

その時にルークにさっと借りて、支払いを自分に任せてもらうというのはいい考えだ。

(……あ、ダメだ。ルークは呪具を買《か》い漁《あさ》るって言ってた)

ルークは珍《めずら》しい呪具に目がない。今頃《いまごろ》、この国でしかお目にかかれないようなものに夢中になっているに違いなく、合流した時には彼はすでに所持金が底をついているだろう。

むしろマティアスに食事をねだり、胸《むな》ぐらを掴《つか》まれている光景が目に浮かぶ。

（お金……どうにかしてお金……）

頭の中がお金を手にすることでいっぱいになったフィオナは、ふと、すぐ横の建物に貼《は》ってある一枚の紙が目に入る。

「即日払《そくじつばら》い……」

「ん？　どうした？」

マティアスは、窓を見つめながらぼそっと呟《つぶや》くフィオナを不思議に思う。

「あのね、今からここでちょっとだけ働いてくるから、マティアスは町を楽しんでて」

フィオナは胸の前で両手を握りしめた。紫色《むらさきいろ》の瞳はやる気に満ちている。

「………は？」

呆気《あっけ》にとられ、マティアスはポカンと口を開けた。

「いや、ちょっと待て。どういうことだ？」

「この国のお金が欲しいの。早くしないと誰《だれ》かに先を越されちゃうから、行ってくるね」

フィオナは彼の返事を待たず、駆け足で扉に向かって建物内に入っていった。

その場に取り残されたマティアスは、すぐ横の貼り紙を見ながら状況《じょうきょう》を整理する。

フィオナが見ていたのは、喫茶店《きっさてん》の接客係のバイトを募集《ぼしゅう》する紙で、『接客係 急募《きゅうぼ》。未経験者可。短時間、日雇《ひやと》い大歓迎《だいかんげい》。給与《きゅうよ》は即日払い可』と書いてある。

マティアスは理解した。彼女は自分が自由に使えるこの国の金を、どうにかして手に入れようとしているのだと。

(……そうきたか)

フィオナの斜《なな》め上の発想に、マティアスは頭を抱える。

彼はフィオナに、わざと外貨両替《りょうがえ》のことを教えなかった。久しぶりに思う存分物を買い与《あた》えて甘やかそうと思っていたからだ。

さすがにないものは仕方ないと諦《あきら》めて、ここでしか手に入らないものを喜んで受け取ると確信していたのに、今から金を稼《かせ》ぐという発想になるなど、想定外にもほどがある。

フィオナはこうなってしまうと、なかなか自分の考えを曲げないので、納得《なっとく》させるにはきちんと説明して、外貨両替所に連れていくしかない。

本当は今日一日うんと甘やかして、明日になったら教えようと思っていたが仕方ない。

マティアスはフィオナの後を追って、建物内へと入った。

あまり広くない店内には丸みを帯びた木製のテーブルと椅子《いす》がいくつも並び、そこでコーヒーを飲む客の姿がある。

「いやあ、本当に助かるよ」

フィオナはすでに、店長らしき顎鬚《あごひげ》を生やした男性と話をしていた。

「フィオナ——……」

背中に声をかけると、振り返ったフィオナに何とも嬉しそうな顔を向けられた。

「ねぇマティアス、すっごく喜んでもらえたの。私いっぱい頑張《がんば》るね」

「いや、そのだな……」

マティアスは気まずそうに目を泳がせた。早く本当のことを言わなければいけないのに、言葉が出てこない。

(働く必要などないのだが……)

早くそう教えなければ。しかし、役に立とうとやる気に満《み》ち溢《あふ》れているフィオナは、本当のことを知ったところで、落ち込んでしまうだけではなかろうか。

「わぁ、マティアス見て。制服が可愛《かわい》いの」

フィオナは、店長がさっそく持ってきた制服を受け取って、マティアスに見せてきた。

「……そうだな。可愛いな」

「うん」

ふわりと微笑《ほほえ》む姿に、マティアスは真実を告げることを断念した。


「……で、何してるんすか?」

通信魔道具で連絡《れんらく》を取り、マティアスとフィオナに合流するため、指定された店に入ったルークは、両手に紙袋《かみぶくろ》を抱《かか》えながら呆《あき》れ顔《がお》でマティアスに問いかける。

「見て分からないのか。働いているところを見ているんだ」

「いや、だから何でそんなことになってんすか？」

なぜフィオナはウェイトレスの格好でせっせと働いていて、マティアスは一人でテーブル席で優雅《ゆうが》にコーヒーを飲んでいるのか。

意味の分からない現状に、ルークは眉《まゆ》をひそめ、説明を求めざるを得ない。

「それはだな……」

マティアスは、フィオナに思う存分物を買い与えるために、わざと外貨両替のことを隠《かく》していたことなどを話しだした。

フィオナは自分が自由に使える金を手に入れようと、働くことを思い立った。

マティアスはそんなフィオナを止めようとしたが、彼女はすでに店長に声をかけた後だったため、本当のことを言えなくなった。

故《ゆえ》に、フィオナがここで働く姿を目に焼き付けることにしたのだと。

「はぁ？　何アホなことしてんすかアンタは」

「アホとは何だ。働くことになってしまったのだから、見守るしかないだろう」

マティアスはルークを一睨《ひとにら》みした後、せっせと働くフィオナに目を向けた。

襟《えり》付きの白いシャツに、胸元《むなもと》を彩《いろど》るのは赤いリボン。ふわりとした赤いスカートは膝丈《ひざたけ》で、裾《すそ》には白いレースが幾重《いくえ》にもあしらわれている。

普段は見る機会などない格好で、控《ひか》えめに言って可愛すぎる。

「あー……はい、そっすね」

「分かったならもう見るな」

「はいはい」

マティアスに一睨みされ、呆れたルークはもう何も言わないことにした。

「頑張って働いて、俺に夕食をご馳走してくれるそうだ」

「あ、それならオレも一緒にご馳走になっていいっすよね。ラッキー」

「何がラッキーだ。なぜフィオナがお前にご馳走せねばならない」

「えー、そんなケチくさいこと言わないでくださいよ～。手持ちの金はすっからかんなんで、どうせマティアスさんに奢《おご》ってもらうつもりだったんすからいいでしょ」

「いいわけないだろう。金がないならその辺の草でも食べていろ」

「ひどっ！」

二人はなんやかんやと騒《さわ》がしい。いつもなら仲がいいなぁと眺《なが》めているフィオナだが、今はいただけないと止めに入ることにした。

「お客様、他のお客様のご迷惑になりますので、騒がないでいただけますか」

困り顔のフィオナにお願いされたマティアスは、ルークの胸ぐらを摑んでいた手をすぐに離《はな》した。

「騒がしくしてすまなかった。これは迷惑料として受け取ってくれ」

そう言って、紙幣を小さく畳《たた》んだものを指に挟《はさ》んで、すっと差し出した。

「お金？　何で？」

「これはチップと言ってだな。客が接客係に直接渡《わた》す小遣《こづか》いのようなものだ。貰ったものは全て自分のものにしていいんだぞ」

「……仕事中なのにそんなの貰えないよ」

「この国ではこれを受け取るのが礼儀《れいぎ》だ。断ると失礼になるんだぞ」

「そうなの？」

そうか。それなら受け取らないわけにはいかないと、ありがたくいただくことにした。

「わぁ、この国のお金だ……」

労働後に給与として受け取るはずだったものが、労働中に手に入るなんて。

予期せぬ出来事に心が躍《おど》る。

「フィオナちゃん、これ運んでー」

「はーい」

受け取ったお金はポケットに仕舞《しま》って、にこにこしながら仕事に戻った。

フィオナの仕事は、客に注文を取り、出来上がった飲み物や料理を運び、空いた食器を片付けることだ。迅速《じんそく》且《か》つ安全に物を運ぶために、風の魔術《まじゅつ》を駆使《くし》する。

両腕《りょううで》に料理が盛られた皿をいくつも載せて運んでいき、空いた食器も山盛りにしてテキパキと運んでいった。

「お姉さん注文よろしく」

「はい、ただいま伺《うかが》います」

呼ばれたテーブルに向かい、注文をしっかり聞いて調理係にちゃんと伝える。記憶力《きおくりょく》には自信があるので、どのテーブルがどんな注文をしたか、全てしっかり覚えている。

接客係としてなかなか立派に働けていると自分でも思え、忙《いそが》しいけれど充実《じゅうじつ》していた。

笑顔で楽しく働いていると、テーブルに水を零《こぼ》してしまった客が、申し訳なさそうにフィオナを呼んだ。

「忙しそうなのにごめんね」

「大丈夫です。すぐに拭《ふ》きますね」

嫌《いや》な顔一つせずテーブルを拭き終えると、客が彼女にチップを渡した。

「手間かけさせちゃってごめんね。ありがとう」

「わぁ……ありがとうございます」

またチップを貰ってしまった。フィオナはほくほくとなり、幸せそうに微笑んだ。

その様子をじっと見ていたマティアスは、対抗心《たいこうしん》を抱《いだ》く。

「フィオナ、コーヒーのおかわりを貰えるか」

「あ、オレはオレンジジュースで」

「かしこまりました。すぐにお持ちいたします」

フィオナはすぐに係の者に伝え、注文の品を持ってマティアスたちのテーブルに置いた。

「ありがとう。これを受け取ってくれ」

マティアスは、紙幣を小さく畳んだものを指に挟んで、すっと差し出した。

「え？　飲み物を運んできただけなのに何で？」

「細かいことは気にせず、素直《すなお》に受け取らないといけないんだぞ」

「そっか……えへへ、ありがとうございます」

よく分からないが、なぜかまたチップを貰えた。フィオナは懐《ふところ》が潤《うるお》っていくことを素直に喜んだ。

あまりの忙しさと人手のなさに、フィオナは夕食の時間ギリギリまで働くことにした。

外が薄暗《うすぐら》くなり、交代要員が出勤したことで、ようやくお勤めが終了《しゅうりょう》した。

「フィオナちゃんお疲《つか》れさま。すっごく助かったから、多めに入れておいたよ」

「わぁ、ありがとうございます」

店長から給与が入った封筒《ふうとう》を受け取り、着替えて店を後にした。

なぜかマティアスから受け取ったチップの合計金額の方が給与より多いが、しっかりと働いた上で受け取ったものなのでよしとする。

「夕食は私がご馳走するからね。二人ともいっぱい食べて」

「あぁ、そうさせてもらおう」

「お腹《なか》ペコペコなんで遠慮なくいかせてもらうっす」

「お前は遠慮しろ」

「何でっすか～」

やいのやいのと騒がしい二人を微笑ましく眺めながら、街灯に照らされた道を歩く。

「ねえ、このお店はどうかな？　お金はこれだけあるし足りるよね？」

フィオナは見たことのない料理名が書いてあるメニュー看板が置かれた店の前で立ち止まった。料理の説明書きから、マティアス好みの肉料理が充実していて、ルーク好みの煮《に》込《こ》み料理があることが分かる。

「足りるとは思うが……もっと庶民的《しょみんてき》な食堂にしないか？」

「足りるなら入ろうよ。この国でしか食べられないんだから、遠慮しないで」

「そっすよ。せっかくなんですから、贅沢《ぜいたく》にいきましょうよ」

「お前が言うな」

「ルークはこの店に入ることに賛成だよね？」

「もちろん賛成っす」

マティアスには止められたが、乗り気なルークと二人で強引に店を決めて、中に入った。

三人で楽しく食事をとった後、王城前まで戻ってきた。

「それではまた明日、町に行こうな」

「うん。でもお金を使い切っちゃったから、また明日も何時間か日雇いの仕事するね」

そしてまた、夕食の支払いは自分がしようと、フィオナは意気込んだ。

さすがにまた働かせるわけにはいかないと、マティアスは真実を告げることにした。

「すまない。黙《だま》っていたのだが、実は外貨両替所という場所があってだな……」

マティアスは気まずそうにしながら、本当は手持ちの金を、この国の金に替《か》えることができたのだと伝える。

「え？　何それ……何で教えてくれなかったの？」

フィオナは驚愕《きょうがく》の事実に目を丸くした。

「それはだな……役に立てると喜んでいる君を見ていたら、言うに言えなくなってしまったというか……教えたとしても、君は働くことを選ぶだろうし、それなら余計なことは言わない方がいいか、などと考えてしまってだな……」

マティアスは首の後ろに手を当てながら、言い訳じみているが本当である理由を告げた。

「……そっか、そうだね。聞いたとしても、結局働くことにしていたと思うよ。だってすっごく喜んでくれたから。あと、あの可愛い制服が着られてよかった」

「そうか。あの制服を着た君は本当に可愛かった。何なら侍女服はあれでいいのではないかと思ったくらいだ……ではなくてだな、本当にすまなかった」

マティアスは今更《いまさら》ながら、きちんと謝罪した。

フィオナから軽蔑《けいべつ》の目を向けられる覚悟《かくご》で伝えたが、彼女は恥ずかしそうに俯《うつむ》いた。

「可愛い……そっか。マティアスに可愛いって思ってもらえて嬉しい……」

嬉しそうにぽそっと呟く姿に、マティアスは堪えきれずにフィオナを抱きしめる。

「あー……可愛い。部屋に連れて帰りたい……」

わたわたと慌《あわ》てるフィオナをすっぽりと包み込んで、マティアスは夜空を見上げた。

「いちゃつくのは構いませんが、場所を考えてくださいね。王城前ですよ、ここ」

ルークは呆れて目を細めながら、王城の入口横に立つ騎士《きし》を指差した。

騎士二人は、マティアスたちに生暖かい目を向けている。

「そうだったな。では場所を変えることにしよう。彼らに不審《ふしん》がられないよう、適当に説明しておいてくれ」

「はいっす。程々《ほどほど》にしてくださいよ」

「わわ」

マティアスはフィオナをひょいと横抱きにすると、風の魔法陣《まほうじん》を足元に描いた。

ひらひらと手を振るルークをその場に一人残して、高く飛び上がる。

さすがにこんな時間に散歩している人間はいないだろうと、月明かりしかない夜の庭園に降り立ち、フィオナを地面に下ろした。

「今日は本当にすまなかったな。他国に来てまで働きたくはなかっただろう」

「ううん。貴重な経験ができてよかったよ。やりがいがあったし、お店の人もお客さんも優《やさ》しくて、すっごく楽しかった」

「そうか。それならよかったのだが……」

フィオナは侍女としての仕事が楽すぎて、手持《ても》ち無沙汰《ぶさた》に感じていたので、店でしっかりと働けたことに満足している。

だけど、一つだけ不満な点を見つけてしまった。

「マティアスと二人だけで過ごせる時間が減っちゃって、ちょっとだけ残念だったかな」

お金を手に入れることで頭がいっぱいになり、そこまで考えが及《およ》ばなかった。

せっかくこの国で彼を独占できる貴重な一日だったのになと、残念そうにへへと笑ったフィオナは、すぐに唇《くちびる》を塞《ふさ》がれてしまった。

「～～っ」

この不意打ちは何度経験しても慣れそうになく、フィオナは目を丸くした。

マティアスの唇が離れたところで、顔を赤くしながら上目遣いで睨んで抗議《こうぎ》する。

「あのね、急にされるのはびっくりするからやめてほしいの」

「すまない。これからはきちんと予告するように気をつける。キスしてもいいか？」

マティアスは宣言通り、さっそくきちんと予告した。

堂々と伝えられるのは、それはそれで恥ずかしいのだけれど……。

フィオナはたじろいだが、観念して目を閉じた。

素直に目を閉じて待つ姿に堪えきれなくなったマティアスによって、立っていられなくなるほどの口づけをされてしまったのは、仕方のないことだ。

「……それじゃ先に戻るね。おやすみ」

「あぁ、おやすみ」

落ち着きを取り戻すと、フィオナは一足先に部屋に戻ることにし、風の魔術で高く飛んで、庭園から抜《ぬ》け出《だ》した。

数分時間をずらして、マティアスも部屋に戻った。


王城のバルコニーにて。アンネリーゼは震《ふる》えながら、怒《いか》りをたぎらせていた。

「……何よあれ。なんであの子とマティアス様が……」

怒りをはらんだ低い声で言い放つ。

自室のバルコニーで風に当たっていたアンネリーゼは、マティアスが女性を抱きしめる様子を目撃《もくげき》してしまった。

しっかりと強く抱きしめた後、横抱きにして庭園へと消えていくなんて、二人がそういう関係だと言っているようなものだ。彼が一人の女性と親しくしているという情報は耳にしていたが、どうせ気まぐれか暇《ひま》つぶしだろうと思っていた。

だが先ほど目にした光景は、遊びのようにはとても思えなかった。

「あの子は、オリアーヌ様の侍女よね……？」

そんな人間がなぜ、彼とあんな関係を築いているのか。

羨《うらや》ましい。憎くてたまらない。

「許せない……たかが侍女の分際で……」

アンネリーゼはぶつぶつと呟きながら、小さな淡《あわ》いランプが一つだけ灯《とも》る部屋に戻った。

抑《おさ》えきれない怒りをぶつけようと、本棚《ほんだな》の本を一つ摑んで振りかぶる。

しかし大きな物音に反応して、隣の部屋で待機している騎士や侍女が来てしまうと、思い留まって本を机に置いた。

荒《あら》い息を吐きながら胸元をぎゅっと押さえ、重苦しい痛みに歯をぎりりと鳴らす。

心を落ち着けなくては。彼女は机の上の黒い小箱を手に取り、そっと抱きしめた。

つい今しがたまで怒りでぎらついていた黒い瞳は、光を失ったように虚《うつ》ろになる。

静かな憎しみの感情が心を支配していく。

心地《ここち》よい黒い感情に満たされたアンネリーゼは落ち着きを取り戻し、箱に向かって美しく微笑みかけた。

「……そう、そうよね……許せないわよね……そう、あなたもそう思うわよね……」

アンネリーゼは箱と会話するように、ブツブツと独り言を言い始める。

いつしか箱からは黒い靄《もや》が放たれていた。

優しく寄り添《そ》うようにゆらめく靄に、彼女の心は支配されていく。

「……そうよね。それがいいわ」

アンネリーゼは箱を抱きしめながら、どこまでも美しく妖艶《ようえん》に笑った。


「ねぇフィオナ。これとこれ、どちらがいいかしら」

左右の手にそれぞれ髪留《かみど》めを持つオリアーヌに尋ねられ、フィオナは眉尻を下げた。

「……申し訳ございません。私はそういったことには疎《うと》いので、お答えできません」

正直に告げると、オリアーヌはくすりと笑った。

「そう、それじゃ質問を変えるわ。フィオナはどちらが好きかしら？」

「えっと……こっちが好きです」

「ふふ、分かったわ」

オリアーヌに目配せされた侍女のルネはコクリと頷《うなず》いて、フィオナを椅子に座らせた。

鮮《あざ》やかな手さばきで、あれよあれよという間にフィオナの髪型《かみがた》は変えられ、オリアーヌとお揃《そろ》いのハーフアップになった。後ろには先ほど好きだと答えた髪留めを添えられる。

「ふふ、お揃いね」

フィオナが選ばなかった方の髪留めを着けて満足気なオリアーヌに、フィオナは困惑気味に問いかける。

「あの、私にはこのような可愛い髪型も高価そうな髪留めも必要ないのでは……？」

「わたくしがしたいと思ったのだからいいのよ。もちろんあなたが嫌ならやめるけれど」

オリアーヌは大きな青い瞳を揺《ゆ》らしながらフィオナの顔を覗《のぞ》き込んでくる。

実に可愛らしいが、これはわざとである。

「いえ、お揃いはとても嬉しいです」

王女様とお揃いだなんて恐縮《きょうしゅく》ものだが、嬉しいのは事実。あと目の前のオリアーヌが可愛すぎるので、頬をほんのりと染めながら答えた。

「それなら問題はないわよね。今日一日、あなたはそれを着けて過ごすこと」

「かしこまりました」

「ふふ、それじゃ行きましょうか」

オリアーヌの今日の予定は、他国の町の視察という名のお出かけである。

フィオナとルネの他に、護衛としてレイラと騎士二名が付き添う。

「フィオナ、大通りの店を制覇《せいは》するわよ。さあ行きましょう」

「え？　あ、はい」

オリアーヌにぐいぐいと腕《うで》を引っ張られたフィオナは、彼女に大人しく付いていくことにした。オリアーヌは、雑貨店などでフィオナに好みのものを選ばせ、『お揃いね！』と言いながら買い与えてくる。

フィオナは『いいのかなぁ……』と思いながらも、受け取るのが侍女の務めだと言われ、喜んで受け取った。

相手は王女様のはずなのに、威圧感《いあつかん》も支配感もなく、どこまでも気さくに接してくれる。女友達と買い物をしているみたいで不思議に思いながら、フィオナは町歩きを楽しんだ。

めいっぱい買い物を楽しんだオリアーヌは、荷物を護衛騎士に全て持たせている。

護衛騎士二人は両手が塞がっていて、不測の事態にすぐに対応できそうにないが、レイラとフィオナがいるので問題はない。

町の栄えた場所を見て回った後は、僻遠《へきえん》の地に足を運んで見て回った。

廃墟《はいきょ》が目立つ静かな通りを歩いていると、地面に絶え間なく自身の魔力《まりょく》を流していたフィオナは、ふとおかしな気配を感じ取り、レイラに耳打ちした。

レイラは瞬時《しゅんじ》にこの場の全員を覆《おお》うように、魔術障壁《しょうへき》を展開させる。

「フィオナ、備えておいて」

「分かりました」

ピリッとした空気が漂う中、フィオナは両手に魔力を集める。

レイラに目配せされた騎士二人も、荷物を道の端に置き、腰《こし》の剣《けん》に手を添えた。

すぐに轟音《ごうおん》と共に、左の方から光の玉が迫《せま》りくる。

受け止めた魔術障壁の一層目には穴が、二層目には衝撃で波紋《はもん》が広がった。

「すごい威力ね。ここまでの攻撃力を有しているなんて、それなりの組織に違いないわ」

レイラの魔術障壁は、フィオナの特大魔術にさえ何度か耐《た》えうる強度を誇《ほこ》る。その一層目に穴を開けるということは、相手はそのへんのチンピラではない可能性が高い。

数秒後、遠距離《えんきょり》からの攻撃は効かないと判断した敵は、至近距離からの攻撃に切り替えるべく姿を現した。

「チンピラね……」

「チンピラですね」

レイラとフィオナは静かに漏《も》らす。

姿を現した敵は十人で、そこらにいるチンピラとしか思えない気配を漂わせている。

しかしその手にはそれぞれ、筒状《つつじょう》の魔道具を持っていた。

「あれは簡単に手に入るものなのでしょうか？」

「国が違うといえど、そう簡単に入手できるようなものではないはずよ」

二人が至って冷静に話している間も、魔道具からは何発もの攻撃が放たれていて、魔術障壁が受け止め続けていた。レイラの魔術障壁はフィオナがこっそりと引《ひ》き継《つ》いで、ついでに更《さら》に何層も重ねがけしてあるので、攻撃が内側まで届く心配はない。

フィオナは傍《はた》からはただの侍女に見えるように、オリアーヌを体の後ろに隠して立っているだけだ。

「全てこそっと倒《たお》しましょうか？」

「いいえ、私一人で行きたいから、あなたはこのまま障壁を保っていてくれるかしら。ちょっと最近溜《た》まっていてね……発散してくるわ」

「分かりました」

ズドンズドンと騒がしい中で話し合っているうちに、男たちの持っている魔道具の使用回数が上限に達した。

レイラは自身の体を守るように魔術障壁を張り、オリアーヌたちから離れた。

「一人こっち来たけどどうする？　この魔道具で護衛の防御《ぼうぎょ》を崩《くず》せって渡されたのに、全然効かねぇし」

「あの侍女だけ適当に傷付けろって言われてもな、近づけないよな……」

「とりあえず気絶させたらいいんじゃねぇ？」

男たちはレイラに聞こえないよう、ヒソヒソと相談している。

（何が目的なのかしら？）

魔道具が使えなくなり、困惑しながら相談している彼らの様子から察することはできなかったが、理由は後で吐かせたらいい。

レイラは一先ず全員を地面に沈《しず》めることにした。

まずは手前から。レイラは瞬時に移動して、高く振り上げた足を振り落とす。

――グシャッ。

「なっ……！」

「こんっの」

仲間の頭が地面にめり込んだことに、男たちは憤慨《ふんがい》した。

気絶させるなんて甘い考えを捨て、懐から取り出したナイフで襲《おそ》いかかる。

そんなものが魔術師団一の体術の使い手であるレイラに通用するわけがなく、彼女はスルリと躱《かわ》しては鳩尾《みぞおち》に拳《こぶし》をめり込ませ、頭に回《まわ》し蹴《げ》りをお見舞《みま》いする。

何かが折れ、潰《つぶ》れていく音がする中、男たちは一人、また一人と一秒ごとに地面に沈んでいった。

「はぁ……少しだけスッキリしたけれど物足りないわね」

ピクリとも動かない男たちが転がる中、レイラは不満を漏らしながら、足元の手頃《てごろ》な頭を踏《ふ》みつけた。

「レイラも大変なのね」

「そうですね。いつも苦労しているようです」

主にグレアムが起こした揉《も》め事《ごと》や、食い意地の張ったアランが食堂で起こした揉め事による苦情や後始末などにうんざりしている様子が、フィオナの頭に浮かぶ。

最近では、所構わずいちゃつきだしたヨナスへの苦情も加わったようだ。

「あなたたち、町の詰所《つめしょ》に連絡お願いするわ」

「「はいっ！」」

レイラに頼《たの》まれた騎士二名は、まるで彼女の忠僕《ちゅうぼく》のように揃って元気よく返事をし、その内の一名が町の詰所まで走って向かった。

数分後に駆けつけたリヴィアルド王国の騎士団に事後処理を任せて、フィオナたちは町を後にした。

王城の一角の自室にて。通信魔道具により、襲撃《しゅうげき》失敗の報告を受けたアンネリーゼは憤慨していた。

成功率を上げるため、裏ルートで取引されている高額な魔道具をいくつも与えたというのに、目標にはかすり傷一つ負わせられなかったという。

護衛の魔術師の防御力を前に為《な》す術《すべ》がなかったとの報告に、アンネリーゼは爪《つめ》を噛《か》んだ。

「何か……少しでも苦しめられるもの……何かないかしら……」

ブツブツと呟きながら、虚ろな目で室内を徘徊《はいかい》した。

オリアーヌの視察の同行から戻ってきたフィオナは、庭園を歩いていた。

まだ夕食の時間まで余裕があるため、期待しながら耳を澄《す》まして右へ左へ歩いていく。

迷路《めいろ》のような垣根《かきね》を進んでいき、どうにか目的地へ辿《たど》り着《つ》いた。

「こんにちは、ロラン君」

「あ、お姉さん。こんにちは」

猫に埋《う》もれていたロランがひょっこりと顔を出す。触れ合いを邪魔《じゃま》された猫は、さっそくフィオナに爪をお見舞いしようと飛び出していった。

「こらダメだよ！　止まって」

その言葉に猫はピタリと止まる。

「お姉さんに怪我《けが》させちゃダメだからね。皆《みんな》もちゃんと聞いて。約束だよ」

「うにゃ」

ロランは猫たちをきちんと整列させて、しっかりと言い聞かせる。

猫たちは一斉《いっせい》に『にゃあ』と鳴き、その様子にフィオナはただただ感動する。

「今日もロラン君はすごいね」

「たまたま言うことを聞いてくれるだけです」

たまたまという言葉で片付けられる状況ではないが、フィオナは素直に感心し、今日も心ゆくまで猫たちと触れ合わせてもらった。

「それでは僕はそろそろ仕事に戻ります」

「うん。それじゃあね」

猫を引き連れて去っていくロランを見送り、フィオナは部屋に戻ることにした。


ロランは猫たちとは途中《とちゅう》で別れ、王城の裏側の庭園を抜けて目的地に到着《とうちゃく》した。

高い柵《さく》に囲まれた広大な土地には牧草が茂《しげ》り、馬や羊がのびのびと暮らしている。

その真ん中に立つ横長の建物は、いくつかの部屋に分かれ、いろいろな種類の動物たちが暮らしていた。

「皆、ご飯の時間だよ」

ロランが声をかけると、足元にウサギが数羽寄ってきて、彼の頭や肩《かた》には小鳥が止まった。軽くコミュニケーションを取って餌《えさ》をやり終えると、騒がしい隣の部屋へと足を運ぶ。

「こら、喧嘩《けんか》しないで。仲良くしなきゃご飯減らしちゃうよ」

その言葉に、取っ組み合っていた二匹《ひき》の大型犬はピタリと動きを止め、甘えるような声でロランにすり寄ってきた。

「よしよし、お利口さんだね。いっぱい入れてあげるから大丈夫だよ」

二匹の頭を優しく撫《な》でると、器《うつわ》にたっぷりとご飯を入れてあげた。

上機嫌《じょうきげん》で食事を始める二匹を、ロランは少し悲しそうな顔で眺める。

「今日もアンネリーゼ様は来なかったね……」

思わず小さく零すと、犬たちはくうんと小さく鳴いた。

ここで暮らす生き物は全て、アンネリーゼが可愛がっている動物たちだ。ロランはここで彼らの世話係として働いている。

ロランが生まれ育ったのは、この国から遠く離れた小さな島国だ。

森のすぐ近くにポツンと立つ小さな家で、祖父母と三人で慎《つつ》ましく生活していた。

祖父は材木売りとして働き、ロランは祖母と一緒に畑で育てた野菜や、森で採ったものを近くの町へ売りに行くことで生計を立てていた。

しかし、ロランが七歳の時に祖母が病気で亡《な》くなると、生きる気力をなくした祖父の体力はみるみるうちに衰《おとろ》えていき、後を追うように半年後に亡くなってしまった。

一人きりになってしまったロランを、町に住む祖父母の友人たちが気にかけてくれ、住み込みで働かないかと声をかけてくれたが、彼は断った。

今はまだ祖父母との思い出が詰《つ》まったこの場所で暮らしたい。

そしてここにいれば、森の動物たちが彼に会いに来てくれるから寂《さび》しくはなかった。

祖母の形見である、小さな赤い石の付いたネックレスを肌身離《はだみはな》さず身に着けるようになってからというもの、彼は動物たちと意思疎通《そつう》が図れるようになっていた。

そのネックレスは、祖母が身に着けている時は何の変哲《へんてつ》もないものだったが、ロランが触れて魔力を流した時だけ赤く光る、不思議なネックレスだった。

ネックレスの不思議な力により、森にきのこを採りに行けば、鹿が手伝ってくれ、高い木の上の実はリスが採ってくれた。

畑を耕していれば、鳥がやってきて種まきを手伝ってくれた。

そんな生活を続けながら一年が経《た》ったある日。ロランが庭先で鳥に餌をあげていると、豪華《ごうか》な馬車がやってきて、家の前に停まった。

従者に手を取られながら中から降りてきたのは、清楚《せいそ》な青いドレスを身に纏《まと》った若い女性。赤みがかった長い金髪《きんぱつ》に、彫《ほ》りの深い顔立ちをした美しい女性は、まるでどこかの国のお姫様《ひめさま》のようだった。

あまりの美しさに、ロランは見とれて立ち尽くしていた。

「こんにちは。あなたが動物たちに囲まれて暮らしているという少年かしら？」

アンネリーゼと名乗る女性は、艶《つや》やかな唇をぷるんとさせながら、想像よりも優しい声で話しかけてきた。彼女はとある国の王女だという。まさか本当にお姫様だったなんてと、ロランは驚《おどろ》き、失礼のないようにと背筋をピンと伸《の》ばした。

「ふふ。畏《かしこ》まらなくてけっこうよ。町であなたの噂《うわさ》を耳にして、どうしても会いたくなったの。突然《とつぜん》来てしまってごめんなさいね」

アンネリーゼは動物が大好きだという。森のそばで動物たちに囲まれながら暮らしている少年がいるという噂を聞き、居ても立ってもいられなくなり、会いに来たそうだ。

長年思い続けていた男性に振られてしまい、傷心の旅の途中なのだと話すアンネリーゼは、心を痛めているとは思えないほど、明るくて前向きだった。

「振ったことを後悔《こうかい》するくらい、素敵《すてき》な女性になってやりますわ！」

アンネリーゼは高らかに笑う。

ロランはアンネリーゼから、彼女の国の話をたくさん聞いた。

生まれ育ったこの場所から離れたことのない彼にとって、アンネリーゼの話はドキドキとわくわくに満ち溢れていた。

彼はそろそろこの場所を離れ、新しいことに挑戦《ちょうせん》してみようと思っていた。それを聞いたアンネリーゼは、自分の国に一緒に来ないかと提案してきた。

「うちの動物たちの世話係がもう年でね、そろそろ田舎《いなか》に引っ込もうかと言っているのよ。あなた、彼女の後継者《こうけいしゃ》にならないかしら？」

「世話係ですか……」

詳《くわ》しく話を聞くと、王城の裏手にある敷地で、アンネリーゼはたくさんの動物を飼っているという。そこには住居スペースがあるため、住み込みで働いてもいいそうだ。

アンネリーゼの国に一緒に行くことができ、仕事も与えてもらえるなんて夢のような話だ。ロランは悩むことなく彼女の申し出を受け入れた。

そうしてロランがここ、リヴィアルド王国にやってきて一年が経とうとしていた。

アンネリーゼは時間を見つけて動物たちに会いに来ては、自ら掃除《そうじ》や世話をしていった。ロランとも気さくに接してくれるアンネリーゼは、彼の憧《あこが》れそのものだった。

彼女の様子に違和感《いわかん》を覚えるようになったのは、一ヶ月ほど前から。

いつも楽しそうに動物たちの世話をしていた彼女の顔に影《かげ》が差すことが多くなり、どんどん会いに来る頻度《ひんど》が減っていった。

そして、エルシダ王国から客人が来る五日前から、ぱたりと来なくなってしまった。

いつもなら、忙しくて会いに来られなくても、時間を見つけて通信魔道具で連絡を入れてくれた。困ったことはないか、動物たちは元気かと様子を尋ねてきていたのに、今はそれすらない。

「どうしちゃったんだろうね、アンネリーゼ様」

食事を終えてすり寄ってきた二匹の犬を抱きしめながら、ロランは力なく呟いた。

◇

アンネリーゼがバルコニーから外に目をやると、ちょうどフィオナが一人で真下を歩いていた。アンネリーゼの部屋からはロランがいつも猫と遊んでいる場所は見えないため、フィオナが彼と交流していることを彼女は知らない。

（誰にも気付かれなければ大丈夫よね……）

アンネリーゼは、自身の持つ呪印士としての力を使い、フィオナに嫌がらせをしようと思い立った。

王女という立場上、一人でこっそり行動することはできず、自室から出ると、隣の部屋で待機している侍女や護衛に声をかけ、同行させせないといけない。

ここからならギリギリ届くはず。憎き相手には何でもいいから嫌がらせをせずにはいられないと、アンネリーゼは両手に魔力を集める。証拠《しょうこ》が残らぬよう、相手の体調を一時的に悪化させる程度の呪いをぶつけようと、悪意を込《こ》めて黒い魔力を練り上げる。

そうやって作り出した黒い渦《うず》を、フィオナに向けて放った。

(そうよ。あの子の下へ行きなさい)

強い願いと共に、呪詛《じゅそ》の渦はフィオナの後方から迫り、彼女の胸を貫《つらぬ》こうとし――

触れる直前でパチンと弾《はじ》けて消え去った。

「なっ……」

消えた？　なぜ？　呪いを完全に弾くようなものを、一介《いっかい》の侍女が所持しているなどあり得ないこと。今のように完全に弾く魔道具など、国宝として扱《あつか》われる代物《しろもの》だ。

そんなことは有り得ないと、アンネリーゼは再び魔力を練り上げ、フィオナに向けて呪いを放つ。しかし先ほどと同じように、触れる直前で弾けて消えた。

フィオナにはほんの少しも届かない。

(何で……何でよ)

ほんの少しの嫌がらせさえできないなんて。アンネリーゼは呆然となり、足下をふらつかせながら自室へと戻っていった。

その頃《ころ》、フィオナは服の下から白銀のネックレスを取り出し、ぼんやりと見つめていた。

「温かい……」

一度目はほんのりと温かさを感じたのは気のせいかもしれないと思った。しかし二度目である今回は、ぽかぽかと確かな温かさを感じる熱を放っている。

「こんなところで呪いを受けたってことだよね……」

ルークからは、呪いを跳ね返す時にネックレスが熱を持つことがあるとの説明を受けていた。つまり今、ネックレスが温かいということは、そういうことだ。

さすがに黙っておくわけにはいかず、フィオナはルークの部屋へと報告に向かった。

「ぽかぽかっすか……それなら命に関わるものではないにしろ、苦しくてその場に蹲《うずくま》ったり、しばらく体を動かせなくなったりするような呪いを向けられたってことっすね」

「そっか。誰だろうね……恨《うら》まれるようなことはしていないと思うんだけど……」

フィオナはショックでしゅんとなる。

気付かないうちに誰かから悪意を向けられていたなんて悲しい。

「あと二日でこの国とはおさらばなんで、犯人探しに躍起《やっき》になるより、このまま何事もなく済む方がいいと思うんすけど、フィオナさんはどうしたいっすか？」

「私もできれば揉め事は避《さ》けたいかな。言葉で直接悪意をぶつけてもらえたら話し合いできるけど、そうじゃなさそうだし」

「そっすか。了解《りょうかい》っす。そんじゃ今からは、うんと気を引き締《し》めて過ごしてくださいね。

部屋以外では、できるだけ一人にならないこと」

「分かった」

エルシダ王国の人間とこの国の国王には、ルークの方からしっかり報告しておくと言われて了承《りょうしょう》し、彼に部屋まで送ってもらった。

部屋の中では、アニエスが治癒《ちゆ》魔術の本を読んでいる最中だった。

「あのね、アニエス……」

フィオナはアニエスに、誰かから呪いを向けられたことを報告した。

「呪いですか……それってあの王女様なんじゃ……」

「王女様って、アンネリーゼ殿下《でんか》のこと？」

「そうです。あの人はマティアスさんに好意があるようですし」

「なるほど……」

アニエスの言葉にフィオナは納得する。自分の好きな人に恋人《こいびと》がいたら、きっと辛《つら》くて悲しいだろう。自分に置《お》き換《か》えてみたら、気持ちは痛いほど分かる。

だからといって、相手を呪おうとは思わないけれど。

「何事もなく滞在《たいざい》を終えられるといいなぁ……」

「そうですね。ところでフィオナさん、その頰の傷はどうしたんですか？」

アニエスは、先ほどからずっと気になっていた、フィオナの頰に無数についている小さな傷について尋ねた。

「あぁ、これはね……」

猫を追いかけて、垣根に頭を突《つ》っ込んでできた傷だと説明したフィオナは、いつものようにアニエスに綺麗に癒してもらった。

「ありがとう。アニエスの温かい光に当たったら、何だか嫌な気持ちも薄《うす》くなったよ」

「どういたしまして」

へへと笑うフィオナにつられて、アニエスもふふと笑った。


その頃、国王の部屋に赴《おもむ》いたルークは、フィオナが呪いを向けられたとの報告を済ませていた。ソファーに座って本を読んでいたマティアスは、眉間《みけん》に深い深いシワを刻む。

「犯人は王女しかいないだろう」

「まぁそうなんすけど、証拠がねぇ」

呪印を扱える人間は珍しく、この城にはルークとアンネリーゼを含《ふく》むごく僅《わず》かな人間しかいないはずだ。呪具を用いれば人を呪うことは誰にでも可能になるが、呪印士でない人間が扱えば、失敗した時に自分に跳ね返ってくるリスクがある。

それ相応の覚悟を必要とする代物なのだ。

「証拠などなくても、殺気を込めて尋問《じんもん》すれば簡単に口を割るだろう」

「やめてくださいよ⁉　さすがに後々問題になるっすから！」

「先に手を出してきたのはあちらだろうが」

「だーかーらー！　証拠がないって言ってんでしょがこのアホたれ」

「誰がアホたれだ」

マティアスはルークの首をぎりりと締め上げる。いつもの光景なので、国王含む王国の面々は特に気にしない。

「アレクシス殿《どの》には私の方から話をしておこう。マティアスは余計なことは何もしないこと。分かったな？」

「……チッ。分かりましたよ」

マティアスはふてぶてしい顔で目を逸《そ》らしながら、国王に渋々《しぶしぶ》返事をした。

（舌打ちしたよな……）

（今舌打ちしたぞこの人……）

不満を隠そうとしない態度に、護衛騎士二人はドン引きしながら眺めていた。

マティアスとルークは、国王の部屋から退室してフィオナの部屋に向かうことにしたが、廊下《ろうか》の角を曲がった先に待ち構えていた人物に、二人は心の中で溜め息を吐いた。

「マティアス様、少しお話がしたいのですが、よろしくて？」

護衛二人を後方に従えて、アンネリーゼは妖艶に微笑む。

「……かしこまりました」

睨みそうになるのを何とか堪え、マティアスは爽《さわ》やかな笑みを顔に貼り付けた。

庭園へと場所を移し、マティアスとアンネリーゼは向かい合う。

彼女の護衛とルークは、数メートル離れたところから見守っていた。興奮した様子のアンネリーゼから放たれる甲高《かんだか》い声は、離れたところにまでしっかり届く。

ルークには、間近で聞き続けているマティアスの苛立《いらだ》ちが手に取るように分かる。

（お願いだからキレないでくださいよ～）

ルークは心の中で祈《いの》り続けた。

「マティアス様。一介の侍女なんてあなたには似合いませんわ」

アンネリーゼは、マティアスとフィオナの関係を批判するような言葉をぶつけてくる。

「似合うかどうかなんて関係ありません」

「いいえ、もっとあなたに相応《ふさわ》しいお相手を選ぶべきですわ。それが高位貴族としての務めというものです」

「……だからあなたを選べと仰《おっしゃ》りたいのですか？」

「わたくし以上にあなたに相応しい女性はいません」

アンネリーゼは揺るぎない自信に溢れていて、胸に手を当てて誇らしげな顔をする。

（……だからフィオナを傷付けようとしたのか？　ふざけるな）

彼の中で何かがプツンと弾けた。

蓋《ふた》をしていたどす黒い感情と殺気が、外に漏れ出ていく。

相手はこの国の王女で、敬うべき存在。彼女が町でフィオナたちを襲わせた主犯だという証拠や、呪詛を放った証拠なんてどこにもなく、責め立てることなど許されない。

だが、このまま黙っていることなどできなかった。

「俺が愛する女性はたった一人だけだ。彼女に害をなす者は誰だろうと容赦《ようしゃ》しない」

マティアスの口から発せられたのは、先ほどまでの優しく紳士的《しんしてき》な声とは似ても似つかない、地の底から這《は》い出《で》てきたような低い声。アンネリーゼに対してではなく、フィオナを害そうとする者への警告として言い放った。

アンネリーゼは、今まで見たこともない冷たい表情をマティアスから向けられ怯《ひる》んだ。

鋭《するど》い藍色《あいいろ》の瞳からは凍《こお》りつきそうな殺気が放たれている。

恐怖《きょうふ》で立っていられなくなり、その場にぺたんとへたり込んだ。

すぐに彼女の護衛二人が駆け寄る。

警告を終えたマティアスは、アンネリーゼに目をやることなくそのまま立ち去った。

ルークもすぐさま後を追う。

アンネリーゼから見えない場所まで歩いてきたところで、マティアスは気まずそうに目を細めた。

「しまった……陛下に小言を言われるな」

「まぁ我慢できた方っすよ。上出来じゃないっすか」

「そうか？」

「そうそう。理性を保っていられただけで十分だと思うっす」

隣でけらけらと笑うルークに、マティアスの険しい顔が少しだけ和らいだ。

ふうと一息《ひといき》吐《つ》き、フィオナの顔を思い浮かべる。

癒されたい……。間近で聞き続けた甲高い声のせいで耳は疲れ、苛立ちすぎて胃が痛い。

マティアスは小さな雲がふわふわと浮かぶ空を見上げ、早く癒されようとフィオナの下へ向かった。


自室に戻ったアンネリーゼはベッドに倒れ込み、クッションに顔を埋《うず》めて泣《な》き崩れていた。

長年想《おも》いを寄せていた相手から向けられた殺気。怒りに満ちた視線。凍《い》てつくような低い声。あんな姿は知らない。あんな姿など認められない。

自分が恋《こい》した相手はいつも紳士的で爽やかな笑顔を絶やさない、優しくて完璧《かんぺき》な男性だった。それなのに……。

「っっ、ううっ……ぐすっ……あんなのマティアス様じゃないわっ……！」

まるで別人のような姿への悲嘆《ひたん》、失意、絶望。

そしてふつふつと憎悪《ぞうお》が湧《わ》き上がってくる。

「……わたくしの理想を穢《けが》すなんて許せない」

ずっと恋い焦《こ》がれていたのは、自分の理想を全て満たす完璧な男性だった。彼はもうそうではない。そうでなくなった者などもう必要ない。

自分の想いを踏みにじる男を恋い慕《した》う感情など、全て消え去った。

残ったのは強い憎しみだけ。

アンネリーゼはすっと立ち上がり、黒い小箱を手に持った。箱から放たれる黒い靄に体を包み込まれると、彼女の瞳からは光が消えて、心地よさにうっとりと笑みを浮かべる。

これは一ヶ月前に、呪具を扱う店で手に入れた呪いの小箱だ。

この箱には失恋《しつれん》を嘆《なげ》き、自ら命を断った呪印士が死《し》に際《ぎわ》に放った魔力が込められている。

店主からは、箱に触れた人間に、嘆きや悲しみの感情を訴《うった》えてくるだけの箱だと説明を受け、実際に手に持ったアンネリーゼには、箱からいろいろな感情が流れ込んできた。

(そう……悲しかったのね。わたくしと一緒だわ)

箱から伝わる感情に共感を覚えたアンネリーゼは、これを買い取った。

そして毎日自然と箱を手に取って、自分の中に流れ込んでくる感情に気持ちを寄り添わせているうちに、いつしかアンネリーゼの精神は、箱から流れ込んでくる負の感情に汚染《おせん》され、黒く淀《よど》んでいった。

彼女は呪具によって呪われたわけではなく、精神を蝕《むしば》まれている。そのため、彼女から呪いの気配は発せられておらず、ルークですら気付くことができなかった。

箱はアンネリーゼを労《いたわ》るように、優しく語りかけてくる。

想いを踏みにじる者には復讐《ふくしゅう》を。与えられた悲しみに相応の罰《ばつ》を。

「そう……そうよね。わたくしには報《むく》いを受けさせる権利があるわよね……」

アンネリーゼの心は憎しみに染まり、黒く塗《ぬ》りつぶされていった。

翌日の朝。予定していた会談を全て終えたエルシダ王国国王ディークハルトは、ようやく町へ視察に出かけることとなった。

護衛を務めるのは騎士一名と魔術師二名、そしてマティアスだ。

「くっそ、なぜフィオナはダメなんだ」

マティアスは眉間にシワを寄せ、ブツブツと文句を言う。

「王女殿下の気分をこれ以上害さないように、この国を出るまで接触《せっしょく》を控えるようにと説明しただろう」

　国王はやれやれといった顔で諭《さと》す。

（くっそ。何のために、この国にフィオナを連れてきたと思っているんだ）

　マティアスは苛立ちながら、国王をじとっと睨んだ。

「帰ったら長期休暇《きゅうか》を与えよう。だから今回は諦めてくれ。しっかりと護衛を頼めるか」

「……分かりました」

　マティアスは、フィオナをエルシダ王国に連れてきて世話を焼いていた時に、残っていた有休の全てを使い果たしていた。

　そんな彼にとって長期休暇という言葉は、とてつもない魅力《みりょく》に溢れる言葉。

（そうだ。二人だけで旅行に行けばいいんだ）

　そうすれば、煩《わずら》わしい護衛対象がいない状態で、ゆっくりと自由に観光できる。

　見たことのない景色や食べ物に夢中になり、幸せそうに顔を綻ばせるフィオナの姿が、マティアスの脳裏《のうり》に浮かぶ。

　ふっと表情を和らげた彼の姿に、国王を含む面々は大きな溜め息を吐いた。

第六章　友達

町でオリアーヌたちを襲《おそ》ってきた者たちは、捕《と》らえられた後、尋問《じんもん》を受けた。

しかし、依頼人《いらいにん》は間に何人もの仲介者《ちゅうかいしゃ》を挟《はさ》んでいたようだ。依頼人に繋《つな》がる情報は、誰一人《だれひとり》として持っておらず、辿《たど》り着《つ》くことはできなかった。

彼らが所持していた魔道具《まどうぐ》は、そうそう手に入るような代物《しろもの》ではなかったことから、依頼人はそれなりの身分を持つ人物ではないかと推測された。

そしてフィオナが王城の敷地《しきち》内で、何者かに呪詛《じゅそ》を向けられたことにより、アンネリーゼがそれらに関わっている可能性はどこまでも高くなった。

本人は否認《ひにん》しているが、それを証明する術《すべ》はなく、呪印士《じゅいんし》であるアンネリーゼには、真実しか口にできない呪印は通用しない。マティアスたちがこの国を出るまで、彼らと接触《せっしょく》しないよう、彼女は部屋で謹慎《きんしん》することを言《い》い渡《わた》された。

部屋で一人、考え込んでいたアンネリーゼは、部屋の入口に立つ護衛騎士《きし》に声をかけた。

「ねえ、ロランを連れてきてくれないかしら。動物たちに癒《いや》されたいの」

「はっ、直《ただ》ちに連れてまいります」

二人いる護衛の内の一人が応じ、すぐさまロランの下へと向かった。

数分後、数匹《すうひき》の猫《ねこ》と犬を従えたロランがアンネリーゼの部屋を訪《おとず》れた。子どもといえど王女と二人きりにはさせられないので、護衛騎士の内の一人は扉《とびら》の内側に立つ。

「ふふ、こうやって触《ふ》れ合《あ》うのは久しぶりね」

「そうですね」

ロランは、アンネリーゼがこの部屋から出られない事情を知らない。彼は憧《あこが》れの女性と久しぶりにこうやって顔を合わせ、共に動物たちと触れ合えることを嬉《うれ》しく思った。

「ねぇロラン。内緒《ないしょ》のお願いがあるの」

彼の耳元でアンネリーゼはこっそり囁《ささや》き、お願いを口にした。

「はい。分かりました」

よく分からないお願いだったが、断る理由もないので小さな声で承諾《しょうだく》した。

ロランは動物たちにこっそりと命じ、護衛騎士から二人の様子が見えづらくなるよう、壁《かべ》を作らせた。そうするとすぐにアンネリーゼはロランの服を捲《めく》り上《あ》げ、黒い魔力を纏《まと》わせた指を彼の腹部にそっと当てた。そして流れるように紋様《もんよう》を描《えが》いていく。

「あの、一体何を……」

言いかけたロランの腹部に、チリッと熱い痛みが走った。

一瞬《いっしゅん》だけ顔を歪《ゆが》め、不思議そうな顔で腹部を押さえるロランに、アンネリーゼはにっこりと微笑《ほほえ》みかけた。そして、抗《あらが》うことは決して敵《かな》わない言葉を放つ。

「ロラン。わたくし以外の誰にも気付かれないように、竜《りゅう》を呼びなさい」——

その命令を受けて、ロランは胸元《むなもと》のペンダントを服の上から握《にぎ》りしめた。

心の中に竜を思《おも》い浮《う》かべ、そして小さな声で命じる。

「お願い、ここに来て——……!?」

自分は今、何を口走ってしまったのだ。すぐに手で口を塞《ふさ》いだが、取り返しがつかない。

数秒後、ごうと強い風《ふ》が吹き荒《すさ》び、王城の真上から大きな影《かげ》が一つ落ちる。

力強い羽撃《はばた》きに王城の窓がカタカタと鳴り、巨体《きょたい》の着地と同時に地面が大きく揺《ゆ》れた。

ロランはこの生物を、二年前に一度だけ呼び寄せたことがある。

それは祖父が亡《な》くなり、一人で暮らすようになったばかりの時のことだ。

動物たちに囲まれていたことにより、寂《さび》しさは紛《まぎ》れていたロランだったが、森に入って
薪《まき》を拾いながら、ふと祖父母の顔を思い出し、しんみりとしてしまったことがある。

彼は寂しさで胸が痛くなり、すがるように胸元のネックレスに願った。

『寂しい。会いに来て』と。

数秒後、彼の目の前に降り立ったのは白銀の竜。ロランは心に願い、小さく呟《つぶや》いただけ
で竜を呼び寄せてしまった。

彼が肌身離《はだみはな》さず身に着けていたネックレスは、獣《けもの》を操《あやつ》る力を有した神器だったのだ。

誰にも気付かれることなく市場に紛れ込み、露店《ろてん》で値下げ札を付けて売られていたもの。祖母が安値で購入《こうにゅう》したそれは、ロランが手にしたことにより強大な力を発揮した。竜はロランに優《やさ》しく、友人だと言ってくれた。神器に操られたわけではなく、お願いごとを聞きたくなって来ただけだと言い、話し相手になってくれた。

しかし彼は、それ以降竜を呼び寄せてはいない。

神の遣《つか》いと言われている存在を自分の下に来させるなど、恐《おそ》れ多《おお》すぎるのである。

ロランはそのことは秘密にして、そっと胸《むね》の奥に隠《かく》していた。だけどアンネリーゼと出会い、彼女の美しさと人柄《ひとがら》に惹《ひ》かれ、彼女にだけこっそりと秘密を教えた。

アンネリーゼは驚《おどろ》いて目を丸くしたけれど、すぐに真剣《しんけん》な表情になり、『誰にも知られないよう、二人だけの秘密にするのよ。約束ね』と、人差し指を口に添《そ》えながら言った。

アンネリーゼと二人だけの秘密だなんて、そんな嬉しいことはない。

ロランは決して誰にも話さないと心に誓《ちか》った。それなのに……。

「失礼します！」

アンネリーゼの部屋の外で待機していた護衛騎士が、勢いよく扉を開けて中に入ってきた。室内にいた護衛騎士と二人で窓際《まどぎわ》に急ぎ、外の様子を確認《かくにん》する。

「おいおい、あれって……」

「嘘《うそ》だろ……」

二人は右方向を確認した、どう考えても竜としか思えない生物の姿に青ざめる。

彼らの後方では、平然と座ったままのアンネリーゼが、再びロランの耳元で囁く。

「あなたが操っていると誰にも知られないようにするのよ。さぁ、わたくしがここから外に出る手伝いをしてもらうわ」

「なぜそんなことを……」

優しかったアンネリーゼの変貌《へんぼう》に、ロランは戸惑《とまど》いを隠せない。

「なぜですって？　必要だからよ。さあ、竜を軽く暴れさせて。建物を壊《こわ》さないようにね。邪魔《じゃま》する者、前に立ち塞がる者にはほんの少しだけ攻撃《こうげき》させなさい。殺してはダメよ」

ロランは彼女の言葉に耳を疑い、拒絶《きょぜつ》の意志を強く抱《いだ》く。

そんなことはできないと、口を塞ぐ手に力を込《こ》める。

それなのに、スーッと手は下りていき、口は勝手に言葉を紡《つむ》ぐ。

「軽く暴れてほしいんだ。建物は壊さないように。邪魔者には攻撃していいけど少しだけね。殺しちゃダメだよ」

気持ちとは裏腹に、自身の口から出たのは信じられない言葉。

（なんで？　どうして？）

驚愕《きょうがく》の表情で震《ふる》えているロランの頭の中には、『それが友の望みなら容易《たやす》いことだ』と、竜の意思が伝わってくる。

「ギュルル」

竜はロランの言葉に返事をするように一鳴きし、前足で地面を砕《くだ》いた。

護衛騎士の一人は急いで部屋の中央に向かい、テーブルをどかして敷物《しきもの》を捲《めく》った。

そこには真四角の扉が存在し、彼は取っ手に手をかけて扉を外した。

この先は王女専用の避難《ひなん》通路だ。一歩足を踏《ふ》み入《い》れ、壁に設置された魔道具にそっと触れると、外まで続く道を照らす明かりがポツポツと灯《とも》っていった。

「王女殿下《でんか》、緊急《きんきゅう》事態です。こちらへお急ぎください」

「ええ、分かったわ。ロラン、行くわよ」

そう言って、彼女は護衛騎士一人の後に付いて、駆《か》け足《あし》で中を進んでいった。

反発したいのに彼女の後に付いていくことしかできず、ロランは目に涙《なみだ》を浮かべながら必死に足を動かした。

「フィオナさん！　起きてくださいっ！」

「…………ん」

誰かに体を揺さぶられながら、大声で呼びかけられている。

ぼんやり目を開けると、何やら焦《あせ》った面持《おもも》ちのアニエスに顔を覗《のぞ》き込まれていたので、フィオナはソファーからむくりと起き上がった。

昨日、オリアーヌから、この国ではもう、できる限り部屋の中で過ごすようにと言われたフィオナは、帰国までずっと休みだった。

庭園や町に行くこともできない。暇《ひま》を持て余していたので、同じく休みだと言うアニエスと昨夜遅《おそ》くまで語り合っていた。

眠《ねむ》りについたのは深夜で、朝はいつも通り早く起きたが、睡眠《すいみん》が足りていなかったようだ。昼食後には眠気でぼんやりしだし、いつの間にか眠っていた。

パンツスタイルのラフな部屋着でソファーで横になって眠っていたところ、アニエスに声をかけられ、体をゆさゆさと揺さぶられて目が覚めた。

「……アニエス？　どうしたの？」

フィオナはぼーっとしながら半目で問いかける。まだ頭は半分寝《ね》ているようだ。

緊急事態なのだから仕方ないと、アニエスはフィオナの両頬《りょうほお》を強くつねった。

「痛い……うぅ……アニエス何するの。痛いよ」

あまりの痛さに頭は覚醒《かくせい》し、涙目《なみだめ》で目の前のアニエスをじっと見た。

「すみません！　でも緊急事態なんです！」

「緊急事態って……何があったの？」

「竜一体が外で暴れています！　怪我人《けがにん》多数、今はどうにかルークさんが動きを止めています。レイラさんは安全な場所でオリアーヌ様を警護しているので来られません！」

「竜？　分かった」

なぜこんなところに竜がいるのだろう。彼らは地上では自身の縄張り内でしか行動せず、それ以外は遥《はる》か上空を自由に飛び回っているだけの、無害な生き物のはずなのに。

おかしな状況《じょうきょう》だが、理由を考えている場合ではない。

ともかく今は急いで向かおうと、フィオナは窓を開けて外の様子を見た。

左方に確認できたのは、黒い靄《もや》が体に巻きついて、動きを止められている白銀の竜。

右手から靄を放っているのはルークだ。彼は左手に黒い首飾《くびかざ》りを握りしめながら、地面に座り込んで俯《うつむ》いている。頭から血を流し、治癒士《ちゆし》二人に癒しの光を当てられていた。

フィオナはすぐさま窓から飛び降り、彼の近くに着地した。

「ルーク！　大丈夫《だいじょうぶ》？」

声をかけると、ルークはゆっくりと見上げた。

血に濡《ぬ》れた左目を閉じた状態で朦朧《もうろう》としながら、にへらと笑う。

「……あー……フィオナさん来たぁ……よかった……限界なんで……後は頼《たの》んます……」

ルークはそのまま前にドサリと倒《たお》れた。

突然《とつぜん》王城の前に現れた竜は、一足早く駆けつけたリヴィアルド王国の騎士や魔術師《まじゅつし》たちにすぐさま襲いかかってきた。

魔術で動きを封《ふう》じようとしたが、力量に差がありすぎて一時的にしか止められず。その場にいた全員が負傷してしまった。近づくと攻撃されてしまうため、治癒士は現場に駆けつけられず、離《はな》れたところで待機状態だった。

『こんなのフィオナさんかマティアスさんしか止められないっすよね……あとはオレか』

離れたところで様子を見ていたルークは悩《なや》んだ。マティアスは今は国王たちと町にいるので不在だし、今から自分がフィオナを呼びに行っている間に状況は悪化しそうだ。

『仕方ないっすね……』

竜の動きを呪印で封じるには、ある程度の距離《きょり》まで近づく必要がある。

ルークは近くにいた人間に声をかけ、フィオナへの伝言を頼《たの》んだ。

そして自分の足でどうにかここまでやってきたが、呪印の発動より先に、鋭《するど》い爪《つめ》の攻撃を頭に受けてしまった。

呪《のろ》いを司《つかさど》る神器の力で、竜の動きを封じることは成功したが、ルークは限界だった。

彼の気絶と共に竜の動きを封じていた黒い靄は解けていき、霧散《むさん》した。

フィオナはすぐさま竜を覆《おお》うように数十の特大魔法陣《まほうじん》を描いた。

風の魔術を発動させて、竜の動きを封じ込める。一先《ひとま》ずこれで大丈夫なので、再びルークの方を向いて、癒しの光を放ち続けている治癒士たちに声をかけた。

「ルークは大丈夫ですか？」

「はい、致命傷《ちめいしょう》はありません。このまま数分間強い光を当て続けたら傷は塞がる見込みですし、私たちの魔力もギリギリ足りるはずです」

「そうですか。よかったです」

フィオナはルークの傷口に目をやった。

傷の周りは紫色《むらさきいろ》に変色しており、治癒士の放つ光のほとんどを跳ね返《はかえ》しているように見える。これが傷口を悪化させ、癒しの効果を阻害《そがい》している原因だと窺《うかが》える。

周りを見渡《みわた》すと、リヴィアルド王国の人間たちも同じような状況だった。十数人の騎士や魔術師が、ルークと同じように治癒を施《ほどこ》されている。

完全に癒《い》えきらないと、再び紫色の染《し》みが広がっていき傷口が悪化するため、一人の治癒士が一人の怪我人に付きっきりで、光を当て続けないといけない。

魔力量の多い者は、両手を使って同時に二人の治癒に当たっている。

数日前の第一魔術師団の訓練時。団長であるレイラによって、竜の爪に与《あた》えられた傷口はどのようなものなのかという情報が伝えられた。その時に聞いた通りの光景が目の前に広がっていて、フィオナはどうしたものかと悩む。

この竜の目的が分からない以上、拘束《こうそく》を解くことはできない。

大人しく縄張りに帰ってくれる保証はなく、また攻撃してくる危険がある。

これ以上怪我人が増えて、治癒士の魔力が尽《つ》きてしまう事態は避けなければいけない。

自分は金の腕輪《うでわ》を装着しているため、魔力が尽きる心配はないが、ずっとこのままの状態でいなければならないのだろうか。

「どうしよう……」

その場に座りながらうーんと悩んでいると、アニエスが通信魔道具を持って走ってきた。

「はい。フィオナです」

渡された魔道具に話しかけると、通信相手は国王の護衛を担当している魔術師だった。

「……分かりました。ですが今はこちらも竜を足止めしているところなので、すぐには向かえません。負傷したルークの治癒が終わったら、彼と交代してすぐに向かいます」

通信を終えたフィオナは、魔道具を握りしめながら眉尻《まゆじり》を下げる。

「どうしよう……」

町にも一体の竜が現れ、マティアスが一人で足止めしているという。彼にとって攻撃を受け止め続けるのは造作もないことだろうが、体力の限界はいつかくるはず。

無尽蔵《むじんぞう》の魔力を有する自分が、竜の動きを封じることが一番望ましい。

（……そうだ。この竜を運んで向かえばいいんだ）

そうしたら、その場で二体とも動きを封じられる。

フィオナは目の前の竜を風で持ち上げることにし、魔法陣に多量の魔力を流した。

しかし、竜は地に足を着けたままで、少しも浮かせることができない。

神の遣いと言われている存在は、どうにか動きを止めることはできても、自在に動かすことはできないようだ。

「ルーク、その怪我《けが》の治癒が済んだら交代してほしいんだけど……」

もちろん地面に倒れて気絶しているルークから返事はない。

フィオナは彼の治癒が早く終わるようにと、じっと待つことしかできなかった。


避難通路内の地下室にて。王女の避難完了《かんりょう》を仲間に知らせる通信を終えた護衛騎士を、アンネリーゼは持っていた呪具《じゅぐ》を使用して眠らせた。

そして通路を抜《ぬ》けて外に出て、ロランと二人で町まで来た。

エルシダ王国の国王たちが最初に立ち寄ると聞いていた場所が見渡せるところに到着《とうちゃく》すると、遠くにマティアスの姿を発見した。すぐさまロランに命じ、竜を呼ばせた。

そこで彼がほんの少しでも苦しむ姿が見られれば、それで満足だった。それなのに……。

（……何でよ！）

かすり傷一つ負うことなく軽々と攻撃を受け止める姿に、苛立《いらだ》ちを抑《おさ》えきれない。

物陰《ものかげ》から一人と一体の攻防《こうぼう》を窺いながら、アンネリーゼは顔を歪めていた。

相手は竜だというのに、蒼《あお》い剣《けん》を持つ男はどこまでも余裕《よゆう》そうだ。

「ロラン！　王城にいるもう一体もこちらに呼びなさい！」

ここに応援《おうえん》が来ないように、自分の存在に気付かれないようにあちらを混乱させる必要があったが、このままでは埒《らち》が明かない。

ロランは命令されるがまま竜を呼ぶが、頭の中に伝わってきたのはまさかの返事だった。

「……行けないって言っています。体が動かない、って」

「っっ、何よそれ」

強大な力を持つ竜の体を傷付けずに拘束する魔術なんて、そうそう放てるものではない。どれだけ優《すぐ》れた魔術師でも数度が限界のはずで、今はもう為《な》す術《すべ》もなく途方《とほう》に暮れているものだと思っていた。

(何よそれ……何で上手《うま》くいかないのよ……！)

少しだけでよかった。ほんの少し、マティアスの苦痛に歪む顔が見られたならそれでよかったのに。思い通りにならない現状に苛立ち、頭の中が黒い靄で満たされていく。

何かないか。あの男に屈辱《くつじょく》を与えられる何か……。

アンネリーゼは思案し、そして閃《ひらめ》いた。

「――ロラン、命令よ」

美しく弧《こ》を描く艶《つや》やかな唇《くちびる》から、悪意に満ちた言葉が紡がれる。

「……埒が明かないな」

爪の攻撃をひらりと躱《かわ》し、剣で受け止めてを繰《く》り返すこと数百回。

マティアスはうんざりしながら舌打ちと溜《た》め息《いき》を何度も繰り返していた。

王城に一体の竜が現れたとの報告を受け、そちらが落ち着くまで国王をどこに避難させようかと相談していた矢先に、突如《とつじょ》空から降ってきた一体の竜。

王城に現れた個体と同一なのか、はたまた別の個体か。

確認を取る余裕はなく、とにかく仲間に国王を託《たく》して、安全な場所まで避難させた。

マティアスはこの場に一人残り、目の前の竜の足止め役を担《にな》った。町で暴れるようなら、傷付けないように動きを抑制《よくせい》するつもりだったが、この竜は目の前のマティアスにしか襲いかかってこない。

マティアスたちは人通りの少ない遊歩道にいたため、目の届く範囲《はんい》にいた人間は皆避難を終えたようだ。彼以外の人の姿はどこにも見当たらず、守るべき存在がいなければ、たかが一体の竜の相手など、彼には取るに足りないことだった。

彼が持つ神器はありとあらゆるものを斬《き》り裂《さ》く剣であるため、どんな攻撃だろうと無にする力を持つ。故《ゆえ》に竜を傷付けることなく攻撃を受け止めて、難なく対処できる。

しかしこのままいつまでも戦い続けることは不可能で、ほんの少しだけ疲《つか》れてきた彼は不機嫌《ふきげん》になってきた。

(早くフィオナが来てくれるといいのだが)

彼女なら簡単にこの巨体の動きを止められるはず。仲間には、フィオナをこの場に来させるよう伝言を頼んである。その他の人員など、むしろ守る対象になって邪魔なだけだ。

向こうに別の個体の竜がいたとしても、ルークが何とかするだろう。彼の持つ呪いを司る神器の力を使えば、傷付けることなく簡単に動きを封じられるはずだから。

「はぁ……何なんだこの国は」

せっかくフィオナを楽しませようと連れてきたのに、何だかんだとトラブルだらけで、彼女を二度町に連れ出せただけだ。マティアスは苛立って眉間《みけん》にシワを寄せる。

なぜこうも邪魔ばかり入るんだ。もう何度目になるのか分からない文句を心の中で呟く。

そして疲れを紛らわせるために、脳内で癒しの妄想《もうそう》を繰り広げ始めた。

早く帰りたい。そして彼女と二人だけでゆっくり旅に出たい。

そんなマティアスの目に、信じられない光景が飛び込んできた。

こちらに向かって走ってくるのは、銀色の髪《かみ》に褐色《かっしょく》の肌をした少年。

泣きそうな顔なのに、なぜか少しも躊躇《ためら》いを感じさせない走りで一直線に向かってくる。

少年はマティアスと竜の間に割り込んできた。

「なっ……！」

マティアスはとっさに少年を守るように左手を伸《の》ばし、覆いかぶさった。

「くっ……」

鋭い数本の爪が、マティアスの右肩《みぎかた》から背中を抉《えぐ》った。地面にはポタポタと絶え間なく血が落ち、痛みに顔を歪める。

マティアスは少年を後ろに押しのけて、自身の背中で隠した。

痛みで感覚が鈍《にぶ》る右手から左手に剣を持《も》ち替《か》え、前に構える。

「さっさと逃《に》げろ」

マティアスは後ろの少年に声をかける。しかし少年は逃げる気配を見せず、胸の前で手をぎゅっと握りしめたまま動かない。

「……できません」

「何？　どういうことだ。君は一体何がしたいんだ？」

絶え間ない竜の攻撃を受け止めながら問いかけたが、返事はない。

右手の感覚はすでになく、背中の傷から侵食《しんしょく》され始めているのか左手の動きも鈍ってきた。完全に動かせなくなるのは時間の問題のようだ。

(せめてこの少年だけでも逃がせないか……)

しかし、そもそもなぜこの場にこの少年がいて、なぜ逃げようとしないのか。

特徴的《とくちょうてき》な見た目から、この少年はフィオナが仲良くしている少年だろう。

アンネリーゼの動物の世話係だと聞いたため、マティアスが念のため仲間に偵察《ていさつ》させたところ、不審《ふしん》な点は何一つない真面目に働く少年だとの報告を受けている。

そんな少年がここに何をしに来たのだろう。さすがに偶然《ぐうぜん》とは思えないが、返事がないため確認できない。理由は何であろうと見殺しになどできず、マティアスは攻撃に耐《た》え続けることしかできなかった。


「ルーク! ねぇ起きて!」

彼の頭の傷が半分以上治ったあたりで、フィオナは彼を起こすことにした。

しかし、両肩《りょうかた》を持って前後に激しく揺さぶっているが、全く起きる気配はない。

「起きない……どうしよう」

早くマティアスの下に駆けつけたい。この場を任せられるのはルークしかいないのに。

こうなったら仕方ない。フィオナは強硬《きょうこう》手段に出ることにした。

彼女は両手から雷《かみなり》を発生させ、躊躇うことなくルークに向かって放った。

「あだだだだだだだ」

ビリビリと体に痛みが走り、ルークは無理やり覚醒させられた。

竜から与えられた怪我ではないので、絶え間なく注がれている治癒の光によって、体の痺《しび》れと痛みはすぐに取り除かれた。

ルークは不機嫌そうな顔で、むくりと起き上がった。

「なんすか今の～」

「ルーク、後はお願いね。私はマティアスの方に急ぐから」

フィオナは言うやいなや竜を拘束している風の魔術を解除して、すぐに自身の足元に魔法陣を描いた。

「え？　ちょ、わわわ」

ルークは慌《あわ》てて右手から黒い靄を放ち、竜を包み込んで拘束する。

危なかった……。何とか間に合ったことにホッと息を吐《つ》く。

「フィオナさーん、もう少し余裕くださいよ～！」

ルークは不満げに叫《さけ》んだが、彼女はすでに高く飛び上がり姿を消した後だった。

フィオナは風の魔術を利用しながら建物の屋根を飛《と》び越《こ》えて進む。

すぐに遠くの方に白銀の巨体を発見した。

（いた……！）

フィオナはすぐさま竜の頭上に特大の魔法陣を描き出した。風の魔術を発動させ、ピタリと竜の動きを封じた。屋根をぴょんぴょん飛び越えていくと、左手で剣を構えるマティアスの姿が目に入り、ホッとする。

ふと視界の端《はし》に赤いものが映り、そちらに目をやった。

そこには建物の陰から、マティアスの方を覗き見ている人物がいた。

赤みがかった金色の髪に派手な赤いドレスの女性は、どう見てもアンネリーゼだ。だけど今はそちらを気にする余裕はないので通り過ぎ、マティアスの目の前に降り立った。

「マティアス、大丈夫――……」

駆《か》け寄《よ》ろうとしたフィオナは、言葉と足をピタリと止めた。

「フィオナ。よく来てくれた」

右手をぶらんと下ろすマティアスの足元には、ポタポタと絶え間なく赤い滴《しずく》が落ちていき、地面はしとどに濡れている。

彼の後ろにはなぜか見知った少年の姿。

「マティアス……怪我したの？」

「ああ……しくじった」

マティアスは前に構えていた剣を下ろした。

剣はすぐに彼の左手から離れ、地面に落ちてカランと音を立てる。

フィオナはすぐに彼の背中を確認する。黒い騎士服には斜《なな》めに大きな裂け目が三本入り、肌が抉られていた。傷口の周りは紫色に染まり、じわじわと侵食されていく。

先ほどまでルークが治癒を受けている姿を見ていたフィオナには分かってしまう。

この傷は魔力が十分に残っている治癒士が数人がかりでようやく治せるような傷だと。

マティアスは立っていることもままならなくなり、前にぐらりと傾《かたむ》いた。

「あっ……」

フィオナはとっさに両手で支え、彼の頭を自身の膝《ひざ》に乗せるようにして横向きに寝かせた。

「すまないな」

「治癒……早く治癒しなきゃ……」

震える手でポケットから通信魔道具を取り出して、ルークのそばにいる治癒士にマティアスの状態を伝えた。はっきりしない回答しかもらえなかったことから、手が空いていて、魔力が十分残っている治癒士がいそうにない状態であることが窺えた。

通信を切ると、フィオナの目からはポタポタと涙が零《こぼ》れ落ちる。

「うぅ……マティアス……」

なぜこんなことになってしまったのだろう。マティアスならたとえ相手が竜だろうと、一対一なら数時間は持ちこたえられると思っていた。

その彼がこんなに早く致命傷を負わされるなんて、フィオナには信じられない。

彼はどの方角からどれだけ攻撃がこようとも、全て軽々と斬り裂いてしまうような人だ。たとえ相手が傷付けてはいけない存在だったとしても、攻撃を受け止め続けることは容易《たやす》いはず。それなのに背中を取られてしまうだなんて……。

そこでようやくフィオナは、この場にそぐわない存在をはたと思い出した。

「……ロラン君。なんでこんなところにいるの？」

フィオナは静かに涙を流したまま後ろに目をやり、立ち尽くしている少年に尋《たず》ねた。

ロランは何も答えない。答えられないのだ。アンネリーゼによって、行動と言動に制限をかけられているため、苦しげな表情で唇を強く噛《か》み、立ち尽くすことしかできない。

(さっき見かけた人はアンネリーゼ殿下に間違《まちが》いないよね……ロラン君は彼女が飼っている動物のお世話係で……)

そんな二人が、なぜか逃げもせずにこの場にいて、目の前にはここにいるはずのない生き物がいる。違和感《いわかん》だらけの状況だが、フィオナはすぐにある考えに辿り着いた。

「……この竜、ロラン君の命令で動いてるの？」

「……」

静かな問いにロランは答えない。涙を浮かべた瞳《ひとみ》でじっとこちらを見ているだけだ。

彼から伝わってくるのは諦《あきら》めの感情。フィオナはこの感情をよく知っている。

ロランの目は、自分ではどうにもできず、諦めることしかできない理不尽《りふじん》さに縛《しば》られている者の目だ。何年も何年も、抗えない印をその身に刻まれていたフィオナには分かる。

ロランは呪印によって支配されていると。

フィオナが彼の服を捲り上げると、彼の腹部には渦《うず》模様の呪印があった。

「やっぱり……」

ロランの呪印の主は、恐らくアンネリーゼだろう。

他国の問題には介入《かいにゅう》しないこと。オリアーヌからはそう釘《くぎ》を刺《さ》されている。

だけどさすがにこれは見過ごせない。

フィオナは座ったまま、先ほどアンネリーゼらしき人物を見かけた建物の真上に魔法陣を描き、そこから大量の水を降らせた。まともに息ができないほど大量の水だ。

すぐに慌てた様子のずぶ濡れの女性が姿を現し、頭を押さえながら、水が落ちてこないところまで飛び出してきた。

「っっ何よこれ……きゃっ！」

フィオナはすかさず風で女性を持ち上げて、目の前まで運んできた。

そして冷ややかな目で静かに問いかける。

「王女殿下。ロラン君の呪印はあなたが施したものですね？　すぐに解いてください」

ずぶ濡れのアンネリーゼは、状況を理解できず、不安げな顔で身構えた。

フィオナが空から急に現れたかと思えば、なぜか竜の周りに特大の魔法陣が現れた。風で竜が拘束されている様子に呆然《ぼうぜん》としていたところ、頭上からは大量の水。風で自らの体を持ち上げられてと、訳の分からないことの連続である。

しかし、状況を理解することよりも、目の前にいるフィオナへの怒《いか》りの感情が勝《まさ》り、すぐに眉《まゆ》を吊《つ》り上げてキッと睨《にら》んだ。

「さっきの水はあなたね……王女であるわたくしに何てことをするのよ！」

叫ぶように言い切ると同時に、懐《ふところ》に忍《しの》ばせていた筒状《つつじょう》の魔道具から砲撃《ほうげき》を放つ。

轟音《ごうおん》と共に飛び出した光の玉は、フィオナに一直線に向かっていったが、風で包み込まれて空中でピタリと止まった。

「は？　止まった……？」

思わぬ事態に、アンネリーゼは口をポカンと開けたが、すぐに前を睨み直し、二発、三発と続けて砲撃を放った。しかし何発打とうとも、全て空中でピタリと止まり、乱発しているうちに魔道具の使用回数の上限に達してしまった。

攻撃が止《や》むと、フィオナは再び問いかけた。

「王女殿下。ロラン君の呪印はあなたが施したものですね？」

「あなた、無礼にもほどがあるわ！　それに呪印ですって？　わたくしは関係なくてよ」

アンネリーゼは先ほどと変わらず甲高《かんだか》い声で言い切ると、ふんと鼻を鳴らした。

腕《うで》を組んだ高圧的な態度で白を切る。

「……関係ない？　あなたはマティアスを慕《した》っていましたよね？　彼が手に入らないから、こんなことをしでかしたのではないのですか？」

フィオナの静かな問いかけに、アンネリーゼは更《さら》に激昂《げきこう》する。

「っつ馬鹿にしないで！　そんな無礼な男にもう興味はないわ。紳士的《しんしてき》で素敵《すてき》な人だと思っていたのに、わたくしのことを騙《だま》していたのよ！　……ふふ、そんなザマになったのは自業自得《じごうじとく》。いい気味だわ」

アンネリーゼは、喚《わめ》き散らした後にマティアスにちらりと目をやり嘲笑《あざわら》った。

フィオナの胸に静かな怒りが灯る。スッと右手を前に出し、アンネリーゼを取り囲むように無数の中型魔法陣を描き、幾筋《いくすじ》もの雷撃《らいげき》を降らせた。

「きゃあぁっ！」

轟音が鳴《な》り響《ひび》き、アンネリーゼの周りは真っ黒に焦《こ》げた。

地面はいくつもの細い煙《けむり》を立てている。

(何よ今の……いつの間に。それに雷撃ですって？　さっきは水と風の魔術だったじゃない。何でよ？）

国に仕える魔術師と同等か、それ以上に洗練された流れるような魔術操作を目の当《ま》たり《あ》にし、アンネリーゼは顔を歪める。

「……呪印を解いてください」

「っっ知らないって言っているでしょ――きゃぁぁ！」

フィオナの言葉を拒《こば》むとすぐに炎《ほのお》の輪に囲まれ、アンネリーゼはその場にへたり込んだ。

体はずぶ濡れだが、ジリジリと肌を刺す熱に恐怖《きょうふ》がこみ上げ、両腕《りょううで》を強く抱《かか》え込む。

（今度は炎⁉　どうなっているの。何なのよこの子は）

訳が分からず、思考がまとまらない。考えないようにしていたが、竜を風の魔術で拘束しているのも、目の前のこの人物の仕業だと考えるのが自然だ。

しかし特大魔術なんてそうそう放てるものではない。

アンネリーゼは、得体の知れない者への恐怖心をどうにか抑え、炎の先をキッと睨むが、フィオナは全く動じない様子で凛《りん》と立つ。

「早く呪印を解いてください」

「わたくしじゃないと言っているでしょう！　こんなことをしてタダじゃおかないわよ」

アンネリーゼは声を震わせながらも、反発の姿勢を崩《くず》さず、憎《にく》しみに満ちた瞳で睨み続けてくる。

脅《おど》しは通用せず、いくら説得しても時間の無駄《むだ》にしかならなそうだ。

相手は王族で傷付けてはいけない存在。

正当な理由なしに攻撃をすれば重い罪に問われ、場合によっては処刑《しょけい》される恐れもある。

……だから何だというのだ。

大切な人が傷付き、命を脅《おびや》かされている。それなのに、どう考えても主犯としか思えない人物は、罪を認めようとしない。そんなことが許せるはずがない。

「……許さない」

フィオナはマティアスの頭を膝から下ろし、ゆらりと立ち上がる。

ゆっくりと両手を高く上げて魔力を放ち、アンネリーゼの頭上に無数の小さな魔法陣を描き出した。風の刃《は》や炎の矢が降り注ぐことになり、王女の体にいくつもの傷を付けるだろう。だから何だというのだ。

アンネリーゼは頭上を見上げた。空中に浮かぶのは小さな魔法陣だが、その数はおびただしく、常人の為せる技《わざ》でないと一目で分かる。

(何よこれ……何なのよ。この子はただの侍女《じじょ》じゃないの？)

オリアーヌのそばで雑務をこなしているだけの、いくらでも代わりのきくつまらない人間だと勝手に思い込んでいたのに。

襲いくるであろう攻撃と痛みを想像し、アンネリーゼはみるみるうちに青ざめていく。

体の震えが止まらない。

そうして全ての魔法陣が金色に光《ひか》り輝《かがや》くと、ぎゅっと目を強く瞑《つぶ》った。

次の瞬間《しゅんかん》、フィオナの視界を蒼い剣が遮《さえぎ》った。

そこから放たれたいくつもの閃光《せんこう》が、魔法陣を斬り裂いていく。

全ての魔法陣が消滅《しょうめつ》すると同時に剣は落ち、カランという音にハッとなったフィオナは下方に視線を移した。

マティアスは変わらず倒れたままだが、右手に風を纏わせていた。

彼は剣に自身の魔力を流して無理やり発動させ、風の力を用いて斬撃《ざんげき》を放ったようだ。

「……ダメだ。まだ傷付けてはいけない」

マティアスは、何とか喉《のど》の奥から声を絞《しぼ》り出し、フィオナを牽制《けんせい》する。

「……嫌《いや》。あの人は許せない」

フィオナは、マティアスのそばに膝をつき、彼の手をぎゅっと握りながら抗議《こうぎ》した。

「まだダメだ。攻撃の正当性を証明できないといけない。言質《げんち》をしっかり取るんだ」

「でも……どれだけ聞いてもあの人は認めてくれない。許せないよ」

「フィオナ、言うことを聞くんだ。君が罰《ばっ》せられるなんてことを許すわけがないだろう。そんなことになったら、俺はこの国を滅《ほろ》ぼしてやるからな。そのつもりでいろ」

こんな時にまで、マティアスは優しい脅し文句を言ってくる。どう考えても冗談《じょうだん》のような言葉なのに、彼ならそれも有り得ると思えてしまう。

死にかけている状況でも、自分のことを一番に考えてくれていることをひしひしと感じ、フィオナは唇をぎゅっと結んだ。

そして直ちに従うことにした。

「……分かった。どうやったらいい？」

自分は難しい駆け引きができず、できるのは脅すことくらいなので、助言を求める。

「そうだな。それなら……」

彼は悩むことなく、手っ取り早くて何とも非人道的な提案をしてきたが、フィオナはそれならできそうだと意気込んだ。

今までの経験上、相手の命を奪《うば》うことでなければ大概《たいがい》のことはできるのである。

「責任は俺が取る。だから上手くやるんだ。約束だぞ」

「うんっ」

フィオナはコクリと頷《うなず》くと、すっと立ち上がり、冷静な頭としっかり意思を宿した瞳で前を見据《みす》えた。視線の先には、炎の輪の中心でへたり込んだままのアンネリーゼがいる。

フィオナはアンネリーゼの頭上に、先ほどと同様に無数の小さな魔法陣を描いた。

そして淡々《たんたん》と話しかける。

「呪印を解いてください。次は必ず当てます」

アンネリーゼは、再び現れた無数の魔法陣を見上げながら、口元に緩《ゆる》やかな弧を描く。

「ふふ、やれるものならやってみなさいよ」

先ほど魔法陣を斬り裂いたマティアスと、彼と話をしていたフィオナの様子から、これはただの脅しだと判断した。

自分は王族で尊ばれるべき気高き存在。何人たりとも刃を向けることは許されない。

故に魔術によって傷付けられることはない。

アンネリーゼは余裕の表情でフンと鼻を鳴らしたが、フィオナは怒りに呑《の》み込まれることはない。マティアスとの約束の方が大切だ。

（やっぱりダメか……）

できれば脅しだけで無難に済ませようと思ったが、仕方ない。フィオナは、ふうと息を一つ吐いて気持ちを整える。炎の輪を消し去るとすぐに、アンネリーゼとマティアスと自分、そして竜だけを閉じ込めるように魔術障壁《しょうへき》を張った。

更にマティアスと自分だけを守るように、独立した魔術障壁を張る。

「今からこの竜の拘束を解きます。これだけ近ければ、動き出した竜の爪が体を掠《かす》めるかもしれません。ほんの少しの傷でも、放っておいたら致命傷になります。でも竜を帰さない限り、ここに応援が来ることはありません」

淡々と告げる声には、少しの迷いも感じられない。

「正直に答えてください。あなたがロラン君に呪印を施しましたね？」

真っすぐな瞳から、正直に答えなければ、本当に拘束を解くのだと分かる。

竜がアンネリーゼを傷付けたところで、フィオナは罪には問われない。

そして守る義務はなく、助けなかったからといって罪には問われない。

目の前の竜は、マティアスだけを獲物《えもの》と認識《にんしき》しているようだと彼自身が言った。今から解き放てば、再び襲いかかるはず。

アンネリーゼは顔を歪めた。

この竜は徹底的《てっていてき》にマティアスを襲うよう命令を受けている。この狭《せま》い空間で解き放たれて暴れられては、自分も無傷ではいられない。

（……観念するしかないわね）

アンネリーゼは諦めの表情で視線を斜め下に落とし、静かに口を開いた。

「そうよ。わたくしがロランに呪印を施したの」

「では、この竜を呼び寄せて操っているのはロラン君ですか？」

「そうよ」

竜の爪の餌食《えじき》になどなりたくないアンネリーゼは、素直《すなお》に口を割った。

「では、今すぐ呪印を解いてください」

（……仕方ないわね）

アンネリーゼはすっと立ち上がった。諦めの表情を浮かべ、素直に従おうとする。

「分か――……」

言いかけたところで、続く言葉は頭の中でゆらめく黒い靄に呑み込まれていく。

代わりに滲《にじ》み出《で》てくる負の感情が、全身に渦巻《うずま》いていった。

（……そうよ、解いたところで、もうわたくしの罪は明るみに出てしまうわ）

そうしたら、身分剝奪《はくだつ》の上、投獄《とうごく》されるのは分かりきったこと。今後二度とまともな生活など望めない。

それならばいっそのこと、全員道連れにしてやればいい。

「……ふふ、嫌よ。死んだって解いてやるもんですか。私が死んだらロランの呪いは二度と解けない楔《くさび》になる。その男もそのうち死ぬかしら。そうしたらあなたは不幸になってくれるわよね。ふふ、素敵ね。あははは」

アンネリーゼは気が触れたように高笑いした。

頭の中は悪意が充満《じゅうまん》し、死への恐怖すら感じない。ぞくぞくと心地《ここち》よい刺激《しげき》をもっと味わいたいと、更なる絶望を欲《ほっ》する頭に名案が浮かんだ。

「そうよ。拘束されてしまったなら、新たに呼べばいいだけじゃない」

竜の棲《す》み処《か》は至るところにある。何体だって呼べばいいだけ。アンネリーゼは恍惚《こうこつ》とした表情で、魔術障壁の外側で立ち尽くしているロランに向かって叫ぼうとした。

嫌な予感がしたフィオナは、とっさにアンネリーゼに向かって雷撃を放った。

「ロラ――――」

「あぁぁぁ！」

雷撃に打たれたアンネリーゼはその場に倒れ、意識を手放した。

「……あ」

フィオナは右手を前に出したまま固まった。

ロランに新たな命令を下されると感じ、加減する余裕もなく攻撃してしまった。

「どうしよう……呪印解いてもらえなくなっちゃった」

力なく呟き、眉尻を下げながらマティアスの方を向く。上手くやると約束したのに失敗してしまい、紫色の瞳には涙が浮かんできた。

そんなフィオナに、マティアスはでき得る限りの笑顔《えがお》で答える。

「大丈夫だ。今の攻撃は正当性が証明できる」

「そっか……それより、呪印どうしよう……」

「確証はないが、何とかなるかもしれない。俺が身に着けている破邪《はじゃ》の護符《ごふ》を二つとも、少年に着けてみてくれ」

「破邪の……うん、分かった」

フィオナは魔術障壁を消し去って、ロランに近づいた。言われた通り、マティアスの首から外した二つのネックレスを、ロランの首にかけた。

本来なら、呪いをその身に受けることを未然に防ぐため、跳ね返す役割を持つ魔道具だが、もしかしたらすでにかけられた呪いも解くことができるかもしれないと期待する。

ロランの服を捲りあげて腹部を確認すると、呪印は確実に薄《うす》くなっていた。

これならいけそうだ。フィオナは自身の首に着けていたネックレスを二つ外し、それもロランの首にかけた。

そうして呪印は跡形《あとかた》もなく消え去った。

「よかった……これで自由になったよ。この竜に命令してるのってロラン君だよね？」

「……この竜は僕のお願いごとを聞いてくれているだけなんです。でもこれでこの子を棲み処に帰せます」

ロランは自由に発言できるようになり、服の下に隠していた赤いネックレスを取り出してフィオナに見せた。

フィオナは竜を拘束している風の魔術の発動を止めた。

「急に呼び出してごめんね。もう帰っていいよ。君のパートナーも後できちんと帰すから先に行ってて」

「ギュル」

ロランが語りかけると、竜は返事をしながらコクリと頷き、すぐに高く飛び立った。

その姿を見届けたフィオナは、マティアスとロラン、アンネリーゼを連れて王城に急ぐことにし、三人をふわりと風で浮かせて、建物の屋根を飛び越えていった。

王城前に着くと、フィオナはすぐにルークに説明して、竜を拘束している黒い靄を解除してもらった。

「ごめんね。来てくれてありがとう。もう帰っていいよ」

「ギュル」

こちらの竜もロランの言葉に返事をして頷くと、すぐに飛び立って空の彼方《かなた》に消えた。

「どなたか、マティアスの治癒をお願いできませんか」

フィオナは膝にマティアスの頭を乗せながら、辺りを見回して治癒士たちに声をかけた。

すぐにやってきた治癒士は六人。エルシダ王国の治癒士二人と、リヴィアルド王国の治癒士四人だ。

「あとほんの少ししか魔力が残っていませんが……」

「気休め程度なら……」

皆《みな》口々に弱音を吐きながらも、マティアスに白い光を当てていった。

数分が経過し、傷口はほんの少しだけ小さくなったが、一人、また一人と魔力切れを訴《うった》えていく。

そして最後の一人の魔力が尽きた。

マティアスの傷は半分も癒えていない。紫色の染みはジワジワと侵食を広げ、一旦《いったん》止血した傷口からは再び血が流れ落ちる。

フィオナはマティアスの頭をぎゅっと抱きしめた。

感覚がほとんどなくなった頰《ほお》に、何かがぽたりぽたりと落ちている気がして、マティアスは薄目《うすめ》を開けた。

霞《かす》んだ目にぼんやりと映るのは、目を真っ赤にして泣いている愛《いと》しい女性の顔。

(これは……いけないな……)

死に場所はフィオナの膝の上がいいとは言ったが、これはいけない。

こんな顔をさせていては、死ぬに死にきれない。そして感覚がほとんどないので、せっかくの膝の柔《やわ》らかさを堪能《たんのう》できないではないか。勿体《もったい》なすぎる。

死にかけているのに吞気《のんき》にそんなことを考えていたら、背中に温かいものを感じた。

また誰かが癒しの光を当ててくれているのだと分かる。

「私の弱い力では治すことはできません。せめて気休めになればいいのですが……」

ずっと後方で見守っていたアニエスは、意を決して前に出てきた。

数時間でも時間を稼《かせ》げれば、他の治癒士の魔力は何割か戻《もど》るだろうし、要請《ようせい》を受けて遠くから派遣《はけん》された治癒士が到着するかもしれない。

アニエスの両手から不安定な弱々しい光が放たれ、マティアスの傷口に注がれていく。

「すまない……助かる。君の光は温かいな」

先ほどまで当てられていた力強い光とは違《ちが》うじわりと温かい光に、マティアスの口から素直な感想が溢れた。

「……ありがとうございます」

治すことはできないと告げたのに、お礼を言われてしまったアニエスには、嬉しい気持ちよりも無力さが込み上げてくる。

(せめて少しでも治まればいいのですが……)

アニエスは光を放ちながら願いを込める。

少しでも改善された状態で次に繋げることを、せめてもの目標とする。

しかし無情にも侵食の速度は彼女の弱々しい光の力を凌駕《りょうが》していた。じわじわ広がっていく紫色の染み。どう見てもマティアスの症状《しょうじょう》は悪くなる一方で、呼吸も弱々しくなっている。

「やだ……マティアス……」

こんな別れは嫌だ。彼がいなくなるなんて考えられない。

もう他にすがれる人はいない。

ダメだと分かっていても、フィオナは願いを口にせずにはいられなかった。

「お願い……アニエス、助けて」

「フィオナさん……」

アニエスは、すがるように見つめてくる紫色の瞳に息を呑む。

自分がうまく治癒できない時、少しも責めることなく優しい微笑みを向けてくれて、温かい感謝の言葉を伝えてくれたフィオナのこんな表情は見たことがない。

弱々しく震える声で願いを口にし、真っ赤になった目からはとめどなく涙が流れている。

彼女のこんな姿は見たくない。アニエスはぐっと歯を食いしばる。

（もっと強い光を……せめてあと少し。それなら失敗なくいけるかもしれない……）

両手に力を込め、魔力の流れを整える。もう少し。あとほんの少し……。

そこでふとフィオナの言葉を思い出す。

『治癒士はすごいよね。どれだけ失敗しても誰も傷付かないんだもん。それなのに成功したら人を助けられるんだから、本当にすごいよ』

（そうだ……失敗しても迷惑《めいわく》はかからない。自分のせいで悪化することは絶対にない）

自分は魔力の量だけなら有り余るほど持っている。誰にも負けない知識もある。

何度失敗しても、何度でも試《ため》せばいいだけではないか。

アニエスは高度な治癒術式を組み立てだした。

人間相手には一度も成功させたことのないものだ。

複雑に組み立てて完成した術式に魔力を合わせて発動させる。

両手から溢れ出した強い光は、傷口に到達《とうたつ》する前に霧散した。

(……大丈夫。次こそいける)

アニエスはすぐに気持ちを切り替える。まっさらな頭で一からまた術式を組み立て、魔力を合わせて。そうやって何度も失敗しては、次こそはと意気込んだ。

(大丈夫。まだまだ魔力はあるから大丈夫……!)

両頬をぱちんと叩《たた》いて気合を入れて、再び術式を構築した。

そちらに集中することで、怪我人を前にする時にいつも感じていた恐怖や不安はいつしか消えていた。アニエスの気持ちはどこまでも静かに凪《な》いでいる。

再び構築した複雑な術式に魔力を合わせて発動させ――

溢れ出した強い光は、マティアスの傷口をしっかりと包み込む。アニエスの手から放たれる光はしっかりと安定しており、強い光が傷口を徐々《じょじょ》に癒していく。

紫色の染みが侵食を広げる速度よりも、治癒の力が勝っている。後はこのまま魔力を注ぎ続ければいいだけだ。

「でき……ました」

涙で瞳をじわりと滲ませて、アニエスは小さく零《こぼ》した。

フィオナは目を丸くしながら光を見つめる。

今までアニエスが出していたものの数百倍の輝きを持つ光は、特別優れた治癒士にしか出せない力強い光。どんな怪我でも必ず癒せる光だ。

「やった……やったね……」

「はいっ！　やりました」

アニエスは力強く返事をして、顔をくしゃりとさせた。

膝の上のマティアスの呼吸が安定したことにより、フィオナは不安げな表情を和《やわ》らげた。

「よかった……ありがとう、アニエス」

「どういたしまして！」

フィオナはようやく安心して、目に涙を溜めたままへにゃりと笑った。

そのまま光を当て続けて十数分経《た》った頃《ころ》には、マティアスの感覚はだいぶ戻っていた。

霞んでいた視界もはっきりし、穏《おだ》やかに目を細めるフィオナの顔が目に入る。

（……あぁ、これはいいな）

フィオナの膝の柔らかさがしっかり頬に伝わるようになり、喜びを噛みしめる。

「ようやく体の感覚が戻ってきた。礼を言う」

「っっはいっ！　どういたしまして」

アニエスは誇《ほこ》らしげに元気よく答えた。

まさか膝枕《ひざまくら》を堪能できることに対してのお礼の言葉だなんて気付くはずもなく、自分の力が人の役に立てたことを嬉しく思った。

リヴィアルド王国の王城内にある応接間にて。国王アレクシスは椅子《いす》から立ち上がり、深々と頭を下げていた。

長机を挟んだ反対側には、エルシダ王国の国王ディークハルト、王女オリアーヌ、マティアス、ルークが座っている。

「精神を蝕《むしば》まれていたとはいえ、我が妹がしでかしたことは決して許されることではありません。彼女には皆《みな》さまが納得《なっとく》のいく処罰《しょばつ》を必ず与えるとお約束します。損害に見合った代償《だいしょう》もお支払《しはら》いいたしますので、何なりとお申し付けください」

アレクシスは一国の王とは思えないほどの低姿勢で、覇気《はき》の感じられない弱々しい声で言葉を放つ。王としての務めを果たさんと、必死に感情を圧《お》し殺《ころ》す。

今回の騒動《そうどう》を引き起こしたアンネリーゼは、窓に鉄格子《てつごうし》がはめられた罪人専用の部屋に幽閉《ゆうへい》されている。

呪いの小箱によって汚染《おせん》されていた精神は、徐々に正常に戻っていく見込みだが、彼女がしたことは決して許されることではない。

アンネリーゼに攻撃魔術を放ったフィオナはもちろんお咎《とが》めなしで、呪印によって操られていたロランも責任を問われずに済んだ。

君はどうしたい？　と国王に目で合図を送られたマティアスは、顔を横に振《ふ》った。

「アレクシス殿《どの》、頭を上げてくれ。幸い双方《そうほう》共に死人は出ていないから、代償は必要ない。彼女はこの国の法に則《のっと》って処してくれて構わない」

「陛下！　そんなわけにはいきません！　遺恨《いこん》を残さぬよう、納得のいく措置《そち》をお申し付けください。マティアスさん、あなたには多大なご迷惑をおかけしました。あなたの気が済むよう、どんな要求でも罰《ばつ》でもお与えください」

「いえ、そのようなものは必要ございません。アンネリーゼ殿下が精神を蝕まれた原因は私にあるようなので、少なからず責任を感じております。事後処理で大変でしょうから、アレクシス陛下はそちらに尽力《じんりょく》なさってください」

「そんなわけにはいきません！」

アレクシスは机に両手をついて、前のめりになる。

自国の法で裁くことになれば、被害《ひがい》状況や精神面が考慮《こうりょ》されて減刑《げんけい》となるが、そんなことが許されるべき問題ではない。

マティアスは平然と対応しているが、もちろんアンネリーゼに対して強い怒りと憎しみを抱いている。

フィオナを傷付けようとしたことはもちろんのこと、自分だって死にかけたのだ。

運よくアニエスが高度な治癒術式を発動させていなかったら、確実に死んでいた。

しかし、アンネリーゼが呪いの小箱に魅入《みい》られた原因は自分にある。彼女を振ったことは後悔《こうかい》していないが、そこまで自分を想《おも》っていたと知り、少なからず罪悪感を抱いている。

そして、自分がアンネリーゼに対して罰を与えることを、フィオナは望んでいない。

だからもういいのだ。もう自分はこのことには一切《いっさい》触れず、さっさと帰国したい。

自国のことは自国で処理してくれればそれでいいのに、アレクシスは一歩も引かない。

面倒《めんどう》になったマティアスは、国王をちらりと見て、何とも穏やかな顔で問いかける。

「……もうよろしいでしょうか？」

「好きにしなさい」

国王からいつものように投げやりな返事をもらうと、マティアスは下を向いてはぁーと一つ大きな溜め息を吐いた。

そして前を向いたその顔は、先ほどまでの穏やかさは一切感じられない無表情。

藍色《あいいろ》の瞳は鋭くなり、その眉間にはシワが寄っていく。

「必要ないと言っているでしょう。他国の王族の命を委ねられても迷惑なだけです」

「……なっ」

どこまでも低い声で面倒くさそうに言い放つマティアスの変貌ぶりに、アレクシスは驚き、口を開いたまま固まった。

「そちらのことはそちらで勝手にしてください。ゴタゴタはもううんざりなので、さっさと面倒ごとから解放してくれませんか。正直疲れたので、俺は今すぐにでも帰りたい。フィオナを甘やかして癒されたいんですよ」

マティアスはどこまでも自由に、思うがまま気持ちを吐き出した。

「へ？　えっと、あの……マティアスさん？　その姿は一体……」

幼い頃より憧れ続けていた人物のあまりの変貌ぶりに、アレクシスはうろたえる。

「取り繕《とつくろ》うのをやめただけなので、気にしないでください。こちらからの要求は何もありません。早く帰らせてください。以上、ご理解いただけましたか？」

そう言って、まだうろたえているアレクシスからの返事を待ちながら、マティアスはふと考えた。何も代償は必要ないと言われるよりも、たとえ屈辱的なことだろうと望みを言ってもらえる方が、相手にとっては救いになるのではないか。

その方が双方のためにもなるはず。

「そうですね。どうしてもと仰《おっしゃ》るのでしたら、一つ要望を聞き入れていただけますか」

マティアスは高圧的であくどい笑《え》みを向け、アレクシスに望みを一つ言い放った。

エピローグ

フィオナはなぜか、オリアーヌの部屋でルネに着飾《きかざ》らされていた。

一生着る機会などないはずの、華《はな》やかな黄色のドレスを着せられ、サイドを複雑に編み込まれた髪《かみ》にはお高そうな髪飾《かみかざ》りを添《そ》えられた。

オリアーヌから、『何も聞かずじっとしていなさい』と言われたため、フィオナは頭の中に疑問符《ぎもんふ》を浮《う》かべながら、されるがまま大人しくしていた。

顔には化粧《けしょう》を施《ほどこ》され、お高そうなネックレスとイヤリングを着けられる。

「オリアーヌ様。いかがでしょう」

「ふふ、上出来よ。ありがとうルネ」

一仕事終えて、眼鏡に手を添えながら口角を上げるルネに、オリアーヌは満足げに笑《え》みを向けた。

「さぁ、行きましょうか」

「？」

どこへ行くのだろう。そろそろ尋《たず》ねていいだろうかと悩《なや》みながら、フィオナはオリアーヌとルネの後を追って部屋から出た。長い廊下《ろうか》を進み、階段を下りた先にある部屋の前に到着《とうちゃく》すると、ルネは大きな扉《とびら》を開けた。

オリアーヌから入るよう促《うなが》されて、中を覗《のぞ》き見たフィオナは、瞳《ひとみ》を輝《かがや》かせた。

「ふわぁぁぁ……」

部屋の中はきらびやかな小規模のパーティー会場になっていた。

そして出迎《でむか》えてくれたのは、アレクシスの即位《そくい》記念パーティーの時と同じく、格好よく着飾ったスーツ姿のマティアス。全身からキラキラを放っていて、何とも眩《まぶ》しい。

彼はフィオナをエスコートすべく待っていたが、現れたフィオナのドレス姿にしばし見とれて立《た》ち尽《つ》くした。

(くっそ可愛《かわい》いな、おい)

フィオナは、口を押さえてプルプル震《ふる》えながら感動しているマティアスの顔を覗き込む。

「ねぇマティアス。これはどういう状況《じょうきょう》なのかな？　こんな時に何でパーティーなの？　誰《だれ》も教えてくれなくて……」

「ああ、これはアレクシス陛下からの詫《わ》びだ。せめて楽しい気分で帰ってほしいとの心遣《づか》いから開催《かいさい》してくれたものだから遠慮《えんりょ》せずに楽しむのが礼儀《れいぎ》だ」

「そうなんだ……」

しれっと言うマティアスの後ろでは、着飾ったルークとレイラが呆《あき》れ顔《がお》で立っていた。

「なーにが心遣いっすか。あれこれ注文をつけまくったくせに……」

「本当にね。ここまでくるとある意味尊敬するわ……いえ、しないわね」

「他国の王によくもまぁあんな態度がとれるもんだと、ヒヤヒヤしたっすよ」

二人はフィオナには聞こえないような小さな声でマティアスへの諫言《かんげん》を口にする。

そう、このパーティーはマティアスが開くよう要請《ようせい》したもの。フィオナを楽しませて甘やかせる場を迅速《じんそく》に提供しろと、アレクシスに偉《えら》そうに頼《たの》んで開かせたものだ。

もちろんそれはフィオナに知らされることはない。

パーティー会場には、国王以外のエルシダ王国のメンバーが揃《そろ》っていて、皆《みな》しっかりと着飾っている。

そうでないとフィオナが浮いてしまい、何だかおかしいと彼女が気付いてしまうからだ。

「あの人、後から『こんな状況でパーティーを開けと言われたらさぞかし屈辱《くつじょく》だろう。それで許してやるつもりだ』なんて言ってたんすよ。恐《おそ》ろしい」

眉《まゆ》をひそめながらやれやれと言わんばかりのルークを、レイラはじとっと睨《にら》んだ。

「……あなたもアンネリーゼ殿下《でんか》の呪具《じゅぐ》コレクションから、貴重なものをいくつも譲《ゆず》り受《う》けたって聞いたわよ」

「そりゃそうっすよ。死にかけたんすから、それくらい貰《もら》わないと割に合わないっす」

ルークはマティアスがパーティーを開けと言いだした時に便乗して、自分も欲しいものがあると申し出た。その結果、アンネリーゼ秘蔵の呪具コレクションから特に価値のあるものを頂戴《ちょうだい》してきたのである。

「めちゃくちゃ頑張《がんば》りましたし、アンネリーゼさんが精神を蝕《むしば》まれた原因を解明して小箱の解呪《かいじゅ》もしたんすよ。一番の功労者でしょ、オレ」

「まぁ確かにそうね」

レイラは地上が落ち着くまで、地下室に避難《ひなん》させたオリアーヌのそばで護衛していたから、竜《りゅう》の相手はしていない。文句を言える立場ではないので、強く非難はできないが、よくもまぁ二人とも個人的な欲望を満たすために、一国の王に注文できるものだと呆れた。

「レイラどうしましょう。気持ち悪いわ、あの人」

いつの間にか隣《となり》に来ていたオリアーヌが、顔を引きつらせながらマティアスを指差した。

「いつも以上に緩《ゆる》い顔ですが、今日くらいは大目に見てあげてください」

「そうね……」

オリアーヌもレイラと同じく、騒動《そうどう》の渦中《かちゅう》にはいなかった。大変な目に遭《あ》ったマティアスがフィオナを愛《め》でる様子にはこれ以上文句を言わず、黙《だま》って見ていることにした。

「さてフィオナ、何が食べたい？」

マティアスはフィオナの手を取り、ずらりと料理が並ぶテーブルの前に連れてきた。

上品に盛り付けられた料理は、どれも彩《いろど》り豊かで美しい。使われている材料すら分からない、とにかくお高そうなものばかり。

だけど自分はこんなものを食べる資格なんてないのに。フィオナは俯《うつむ》いて暗い顔になる。

「ねぇ、マティアス。私、アンネリーゼ殿下にひどいことしちゃったんだよ」

状況がどうであれ、この国の王女を容赦《ようしゃ》なく脅《おど》し、魔術《まじゅつ》を放ってしまった。

まさか呪具の影響《えいきょう》で精神が汚染《おせん》されているなんて思わず、マティアスが傷付けられた怒《いか》りをこれでもかとぶつけてしまったのだ。

「せめて私は部屋で大人しく反省してた方がいいと思うのだけれど……」

「却下《きゃっか》だ。ほら、口を開けろ」

マティアスは落ち込むフィオナの話を聞きながら、取り皿に料理をせっせと載《の》せていた。

そのうちの一つをフォークで刺《さ》して、フィオナの口元に運ぶ。

「えっと……話聞いてた？」

「もちろん聞いていた。だから却下だと言ったんだ。君が行ったことは、事態を収めるために必要なことだった。それを理解できない愚《おろ》か者《もの》などいない」

「そっか……」

「ほら、せっかくの料理を無駄《むだ》にするつもりか？　こうやって差し出しているのに食べてもらえないと、惨《みじ》めな気持ちになるんだぞ？」

マティアスは惨めさなど感じられない、生き生きとした顔をしているが、そう言われてしまうと食べないわけにはいかない。フィオナは観念して口を開けた。

もぐもぐと咀嚼《そしゃく》して、あまりの美味《おい》しさに顔を綻《ほころ》ばせる。

「美味しいか？」

「うん。肉汁《にくじゅう》がじゅわっとして、とんでもない美味しさだよ」

「そうか。それはよかった。ほら、こっちも食べてみるか」

マティアスはまたフィオナの口元に料理を差し出してきた。

一人で食べられるのに……そう思ったが、惨めだと言われた矢先なので、きちんと受け入れることにした。

パクリと口に入れると、先ほどとはまた違《ちが》った美味しさに感動する。

（何よあれ。ずるいわ……！）

ひたすらフィオナに料理を食べさせて、喜びを噛《か》みしめているマティアスに、オリアーヌは対抗心《たいこうしん》を燃やす。

黙って見ているのは早々にやめて、スイーツをいくつか載せた皿を持って、フィオナの前までやってきた。

「ほらフィオナ。甘いものもこんなにあるのよ。食べてみて」

オリアーヌは、カラメルがたっぷりかかったプリンをスプーンですくって差し出した。

目の前でプルンプルンと揺《ゆ》れている魅惑《みわく》のスイーツに、フィオナの目は釘付《くぎづ》けだ。

口に入れるととろけてすぐに消え、あまりの美味しさにへにゃりと笑った。

「……オリアーヌ。邪魔《じゃま》をしないでもらえるか」

マティアスは眉間《みけん》にシワを寄せ、低い声で言い放った。

「あら、お邪魔なものですか。ほら見てごらんなさい。わたくしが差し出したものを食べてこんなに幸せそうなのよ」

「それは甘いものを食べたからだろう。自惚《うぬぼ》れるな」

「ふふ、見苦しいわね」

なぜか目の前で喧嘩《けんか》のようなものが始まってしまったが、オリアーヌが何だか楽しそうなので、フィオナは止めずに見守ることにした。

何だかんだと言い合ってから、フィオナの口にまたスイーツを放り込んで、オリアーヌは満足したように離《はな》れていった。

「何なんだあいつは。スイーツは後から俺が食べさせるつもりでいたのに……」

せっかくの癒《いや》しの時間に水を差されてしまい、マティアスはオリアーヌの背中に向かってブツブツと呟《つぶや》く。その横では、フィオナがせっせと肉料理を皿に取っていた。先ほど食べて、その美味しさに感動したものだ。

彼女はそれをフォークで刺すと、マティアスの方を向いた。

「マティアス、あーん」

「………は？」

マティアスはまさかの不意打ちに固まる。

ポカンと口を開けた状態で固まっているので、フィオナはそこに肉をねじ込んだ。

「どう？　美味しい？」

首を傾《かし》げて問いかけられ、マティアスは顔をほんのりと赤くしながら咀嚼し飲み込んだ。

さすがに人前で食べさせられる側になるのは恥《は》ずかしいようだ。

「……ああ、美味しいな」

「よかった。すごく美味しかったから、マティアスにも食べてほしかったの。美味しいものはマティアスと一緒《いっしょ》に楽しみたいから……」

少し恥ずかしそうな上目遣《うわめづか》いでそう言って、へへと笑う。

あまりの可愛さに、マティアスは自分とフィオナが手に持っている皿とフォークをテーブルに置き、フィオナを抱《だ》きしめていた。

「あー……可愛い。今すぐ部屋に連れていきたい……」

マティアスは欲望をだだ漏《も》れにさせながら、腕《うで》の中でわたわたと慌《あわ》てるフィオナの温《ぬく》もりを堪能《たんのう》する。

こんな人前で恥ずかしいとの苦情が聞こえてくるが、外野の視線は今はどうでもいいので聞き流す。死にかけたのだから、これくらいは許してもらおう。

可愛く着飾ったフィオナを一人占《ひとりじ》めしている優越感《ゆうえつかん》にしばらく浸《ひた》り、お腹《なか》が満たされた後は、夜の庭園にやってきた。

二人並んで歩くが、フィオナは浮かない顔で俯いている。

「どうした？　アンネリーゼ殿下を攻撃《こうげき》したことをまだ気にしているのか？」

「ううん。それはもう気にしてないけど……早く着替《きが》えたくて……」

「何だ？　そのドレスは気に入らないのか？」

「そうじゃなくて……私は王族でも貴族でもないから、似合わないから……」

自分は小さな村生まれのただの魔術師だ。こんなに素敵《すてき》で立派なものは似合わないし、着るなんておこがましい。

中身と釣《つ》り合《あ》っておらず、マティアスとの身分差を余計に感じて虚《むな》しいだけだ。

マティアスは、暗い顔で俯いている様子から、彼女が考えていることを察した。

（……もしかして、フィオナは俺との身分差を感じて落ち込んでいるのか……？）

「エルシダ王国では、神器の使い手には特別な地位を与《あた》えられると前に話しただろう。それは他国出身の君も例外ではないんだぞ」

そう話を切り出すと、フィオナはパッと顔を上げた。

その表情からは驚《おどろ》きと期待が感じ取られ、マティアスの口元が緩む。

「君はもうすでに、王国の魔術師として正式に認められている。大きな成果をいくつか挙げれば、それなりの地位を望めるはずだ」

「そっか……そうしたら、マティアスと一緒にいても釣り合えるようになるんだね……」

フィオナは両手を胸の前で強く握《にぎ》りしめ、希望に満ちて輝く瞳をマティアスに向けた。

それなりの地位には、それなりに煩《わずら》わしいことが付《つ》き纏《まと》う。

だがそんなものは、マティアスにとっては些細《ささい》なこと。彼女の障害になるものは、全てねじ伏《ふ》せてやろうという決意だ。

「ただし、これだけは覚えておいてくれ。俺にとって君は一番大切な存在だ。地位なんて関係ない。ありのままの君がそばにいてくれたらそれでいいんだ」

マティアスは両手でそっと優《やさ》しくフィオナの頬《ほお》に触《ふ》れ、柔《やわ》らかな笑顔《えがお》でそっと囁《ささや》く。

「だからずっとそばで笑っていてほしい。君が幸せに生きることが俺の一番の幸せだ」

大好きな人から心からの言葉を伝えられ、フィオナは嬉《うれ》しさで胸がいっぱいになる。

「……あのね。マティアスと一緒にいられるだけで、私はいつも幸せでいられるよ」

大きな優しい手に自分の手を重ね、花のように顔を綻ばせた。

空の星が瞬《またた》く下では穏《おだ》やかな風が吹《ふ》いている。

木々や花がそよそよと揺れる夜の庭園で、フィオナは新たな目標を胸に掲《かか》げた。

そして生きる喜びをくれる大切な人に、溢《あふ》れる想《おも》いを紡《つむ》ぎ出していく。

END

あとがき

この度《たび》は『人生に疲《つか》れた最強魔術師《まじゅつし》は諦《あきら》めて眠《ねむ》ることにした』の第二巻をお手に取ってくださり、誠《まこと》にありがとうございます。

フィオナとマティアスが両想《りょうおも》いになるところをお届けする機会をいただけて、本当に感謝感激です。

マティアスにお母さん力と不憫《ふびん》さがなくなり、残念さが際立《きわだ》つようになった気もしますが、優《やさ》しさと一途《いちず》さは変わらずあるので大丈夫《だいじょうぶ》だと信じています。

今巻は何だかんだと詰《つ》め込めるだけ詰め込み、駆《か》け足《あし》ぎみとなりましたが、楽しんでいただけたなら幸いです。

お読みくださり本当にありがとうございました。

それではまたいつかどこかで、新たな物語をお届けできますように。

白崎《しろさき》まこと

■ご意見、ご感想をお寄せください。
《ファンレターの宛先》
〒102-8177 東京都千代田区富士見 2-13-3
株式会社KADOKAWA ビーズログ文庫編集部
白崎まこと 先生・くにみつ 先生

●お問い合わせ
https://www.kadokawa.co.jp/（「お問い合わせ」へお進みください）
※内容によっては、お答えできない場合があります。
※サポートは日本国内のみとさせていただきます。
※Japanese text only

ビーズログ文庫

人生《じんせい》に疲《つか》れた最強魔術師《さいきょうまじゅつし》は諦《あきら》めて眠《ねむ》ることにした 2

白崎《しろさき》まこと

2023年7月15日 初版発行

発行者 山下直久
発行 株式会社 KADOKAWA
〒102-8177 東京都千代田区富士見 2-13-3
（ナビダイヤル）0570-002-301
デザイン 横山券露央（Beeworks）
印刷所 凸版印刷株式会社
製本所 凸版印刷株式会社

ISBN978-4-04-737573-4 C0193

定価はカバーに表示してあります。

◇◇◇